中國古典詩詞精品賞讀

秦觀

史傑鵬 編著

五洲傳播出版社

图书在版编目（CIP）数据

中国古典诗词精品赏读丛书：繁体版. 秦观 / 史杰鹏著. --
北京：五洲传播出版社, 2024 .1

ISBN 978-7-5085-4991-0

Ⅰ. ①中… Ⅱ. ①史… Ⅲ. ①秦观（1049-1100）－宋词－
诗歌欣赏 Ⅳ. ①I207.2

中国版本图书馆CIP数据核字(2022)第241308号

中国古典诗词精品赏读丛书

秦观

出 版 人：关　宏
编　　著：史杰鹏
责任编辑：王　峰
图片编审：迟乃义
装帧设计：田　林
出版发行：五洲传播出版社
地　　址：北京市海淀区北三环中路 31 号生产力大楼 B 座 6 层
邮　　编：100088
发行电话：010-82005927　010-82007837
网　　址：http://www.cicc.org.cn　http://www.thatsbooks.com
印　　刷：北京市房山腾龙印刷厂
版　　次：2024 年 1 月第 1 版第 1 次印刷
开　　本：710 × 1000 mm　1/16
印　　张：7.75
字　　数：51 千字
定　　价：68.00 元

編者的話

中國在歷史上是一個“詩歌的國度”，古典詩詞是中國傳統文化的奇葩。早在三千年前，我們的祖先就創作出了以“詩三百”為代表的優秀詩篇。此後每個歷史年代，詩歌創作都結出豐碩的成果，其中不少名篇名句，膾炙人口，傳誦至今。這套“中國古典詩詞精品賞讀”書系，選取了歷史上最具代表性的詩人、詞人的優秀作品，並加以詳盡通俗的譯注、評解，試圖由此將古代中國人創造的最可珍貴的文化瑰寶介紹給當代海內外讀者。

以“國風”為代表的《詩經》和以《離騷》為代表的楚辭，無論是在思想內容上還是在藝術手法上，都對中國后世詩壇產生了深遠影響。中國詩歌至唐代而達到高峰，呈現出后人所稱譽的“盛唐氣象”和“少年精神”，而從李白、杜甫等詩人身上，從他們留下的詩歌中，不難看出“風”“騷”以來優秀傳統的回響。他們都有强烈的現實情懷，關注國家、社會、民衆等問題；而這種主題，往往是詩人通過自己的人生境遇和心靈歷程去感悟，通過描繪自然界山川萬物、人間世事民情來體現的。在唐詩的輝煌之后發展起來的宋代詩歌，成就也相當高，但最能表現此年代文學特殊成就的是詞。宋代優秀的詞家把這種長短句詩體運用到出神入化的地步，那或慷慨激昂、或委婉凄清的詞作，今天讀來仍有强烈的藝術感染力。可以説，唐詩宋詞是中國文學史上最有神采的篇章。本書系介紹的詩人、詞人。如東晉的陶淵明，唐代的李白、杜甫、王維、白居易、劉禹錫、杜牧、李商隱，五代南唐的李煜，宋代的蘇軾、柳永、秦觀、李清照、辛弃疾、陸游，元代的薩都剌，等等，都是中國詩歌史上耀眼的星座。

中國古代詩歌注重抒情、寫景，善於表現友情、親情、愛情、鄉情，以及其他復雜細微的個人情感。這形成中國詩歌又一個强大的傳統。在儒家思想影響下，中國詩歌幾乎從一開始就具有“發乎情，止乎禮義”的特點，情感的表達比較克制、内斂、含蓄，有别於西方的詩歌風格。與此同時，中國詩人們又强調“含不盡之意見於言外”，善於通過各種藝術手法傳達言外之意，給讀者以無窮的回味、想象空間。古代詩詞中的優秀之作往往寫得深情宛轉，富於形象性和音樂性，誦讀這些詩詞，可以受到多層次的藝術感染和美的熏陶。古典詩詞還善於表現自然之美及人與自然的融合。古人常説“詩中有畫，畫中有詩”，本書系中的每首作品，都配以當代畫家根據詩詞意境繪製的中國畫，通過欣賞這些詩、畫，可以更深刻地領悟到中國古代藝術作品中的詩情畫意，品味其藝術之美。

除了“詩情畫意”的特色外，本書系以各位詩人、詞人單獨成册，以更清楚地展示其不同的個性和藝術風格；各分册包括詩人小傳與作品賞析兩部分。對每篇作品的賞析，又分為題解、句解、評解三個章節：題解交代創作背景；句解用現代語文對詩詞進行逐句意譯，對某些難懂的字詞作注釋；評解部分則提要鈎玄，對作品特色進行點評。我們的本意，首先是幫助讀者減少閲讀中的文字障礙，繼而是理解詩詞的思想内容、藝術特色和寫作技巧。

中國古代經典詩篇把漢語升華到至美至純的境界，足以使每個中國人感到自豪。這些作品是聯接所有炎黄子孫思想、情感的文化紐帶，無論身在國内，還是身在海外，優秀的詩歌對讀者的感召力都是相通的。一個喜愛祖國傳統文化的人，可能會不斷地接觸和學習祖先的這些遺産。久而久之，這些優秀文化中的一部分會積澱下來，構成每個人頭腦中一道美麗的藝術長廊，不斷給人以教益、激勵和藝術享受。我們期望，本書系所介紹的詩詞名篇能够成為這道藝術長廊的組成部分。

本書系所介紹的詩人、詞人，都各有很多傳世名篇，限於篇幅，書中每人只選取了二三十首代表作品。限於編輯水平，書中會有種種不盡如人意之處，敬請讀者朋友提出寶貴意見。

目 录

秦觀簡介

秦觀，字少游，一字太虛，揚州高郵（今江蘇高郵）人，别號邗溝居士、淮海居士，他在兄弟中排行第七，所以又稱“秦七”。他生於北宋仁宗皇祐元年（1049），卒於哲宗元符三年（1100），享年五十二歲。

秦觀出身小地主之家，十五歲時，父親就去世了，他與母親和弟弟一起生活。他少年時代追慕郭子儀、杜牧的為人，曾苦讀兵書，冀望能殺敵疆場，收複被遼人侵占的燕、雲等地，還曾寫過《郭子儀單騎見虜賦》，表達了對古代英雄人物的景仰。他後來一度到過湖州、杭州、潤州、徐州、會稽等地，尋幽訪古，度過了一段較長時間的漫游生活。他自幼喜愛讀書，在家時也經常閉門不見客，以詩書自娱。

在秦觀的一生中，對他影響最大的人是蘇軾。蘇軾這位中國歷史上罕見的多面手大才子，曾給予秦觀熱情的提攜和關懷。秦觀很早就佩服蘇軾的文章和人品，很想與之相識。宋神宗熙寧十年（1077），蘇軾出任徐州知州，第二年（即元豐元年）夏天，秦觀去京城應舉，順道前去徐州拜謁蘇軾，兩人相見甚歡。臨别時，秦觀仿效唐朝李白拜謁荆州長史韓朝宗的故事，特地寫了一首詩給蘇軾，表達自己的仰慕之情，其中有兩句說：“我獨不願萬户侯，惟願一識蘇徐州。”蘇軾也作詩回贈，對秦觀的才華極為賞識，看了秦觀的《黄樓賦》，稱讚他有屈原和宋玉一般的才華。但秦觀在這年的進士考試中落榜，鬱鬱而歸，在家閉門讀書自遣，不時和蘇軾、蘇轍兄弟通書信，互緻詩文。

元豐二年（1079），蘇軾轉任湖州知州，路過揚州，秦觀得以與蘇軾同游。他過吳江、湖州，並去會稽（今浙江紹興）省親，看望祖父和叔父。在此期間，秦觀與會稽太守程師孟（字公闢）交往密切，程師孟安排秦觀住在蓬萊閣，二人多有詩文唱和。直到歲末家書催歸，秦觀纔依依不捨乘船北歸。這時他因與歌妓相戀，寫下膾炙人口的《滿庭芳》（山抹微雲）等詞。

蘇軾擔心秦觀因上一次應試不第就此消沉，又寫信勸告他應當勉力科舉，以便將來報效國家，於是秦觀更加發憤攻讀。然而時運不濟，命途多舛，元豐五年（1082），秦觀第二次進京應舉，又名落孫山，他為此寫了《畫堂春》（落紅鋪徑水平池）抒發失意不遇之感。蘇軾為秦觀的懷才不遇感到惋惜，元豐七年（1084），他去汝州上任，路過金陵時，嚮王安石力薦秦觀的才學，希望王安石能够幫助揄揚。王安石讀了秦觀的詩文，也頗為欣賞，認為秦觀詩文清新俊逸，有六朝時代鮑照、謝靈運之風。得到這兩位大人物的賞識，秦觀重新萌發信心，在元豐八年（1085）第三次進京應試，終於考中進士，這時他已經三十七歲了，已不再有少年時候的豪氣。

元豐八年正月，宋神宗駕崩。宋哲宗趙煦即位，年方十歲，因為年幼，由他的祖母高太后垂簾聽政。第二年，改年號為元祐。高太后一嚮認為王安石的變法破壞祖制，禍害天下，所以她一旦大權獨攬，便召回反對變法最堅決的司馬光等人，全面清除王安石的新法。當時凡是支持變法的官員，都被稱為"元豐黨人"（也稱"新黨"）；反對變法的一派，則被稱為"元祐黨人"（也稱"舊黨"）。這兩黨之爭，是北宋歷史上著名的黨爭事件。秦觀屬於舊黨，也被捲入了這場黨爭之中，從此顛沛流離，不得安寧。

考中進士後，秦觀被任命為定海縣主簿，但他沒有到任，很快轉授蔡州（今河南汝陽）教授，即州裏的學官。這個職位待遇菲薄，他的生活比較清苦。據一些筆記、詞話記載，秦觀在蔡州，曾作《水龍吟》（小樓連苑横空）贈營妓婁琬，作《南歌子》（玉漏迢迢盡）贈營妓陶心兒，並因此而受到蘇軾、程頤等人的譏評。這些記載不一定可靠，而且無論如何，這並沒有影響到秦觀與蘇軾的良好關係。

而這時朝中政局變幻劇烈，司馬光死後，高太后仍繼續推行反對變法的措施，反對新法的官員，如文彥博、呂公著、范純仁等人都得到重用，支持變法的官員呂惠卿、章惇等人則被逐出朝廷，史稱"元祐更化"。蘇軾因為一嚮持反對變法的立場，也得到高太后青睞，被任命為哲宗的侍讀大臣。

元祐二年（1087），蘇軾和鮮于侁（字子駿）以賢良方正的名義將秦觀推薦給朝廷，秦觀因此被召回京師。但第二年，舊黨內部產生分裂，程頤等人所屬的洛党和蘇軾等人所屬的蜀黨互相攻擊，秦觀被目為蜀黨，因性格灑脫不羈，洛黨便批評他“浮薄”，他被迫回到蔡州。次年蘇軾也出知杭州。直到元祐五年（1090），秦觀纔再次被召到京師，應制科考試，進策論，被授予太學博士之職，校正秘書省書籍。第二年，又升任秘書省正字，但升職只一個月，又被洛黨彈劾，說他行為“不檢”，於是冉次被免職。這兩次打擊，給秦觀的心靈造成了創傷。

元祐七年（1092）三月初三上巳日，秦觀和京中官員二十六人同游汴京城西的風景名勝金明池、瓊林苑，並作詩詞唱和，秦觀本人作有詩《西城宴集》、詞《金明池》（瓊苑金池）、《滿庭芳》（北苑研膏）等，記述宴會的盛況。從這些作品中，可以看出這次宴集給他的印象頗為深刻，作為一個天才的文藝家，他非常嚮往和留戀這種縱情詩酒的生活；可是作為那個時代的一位文人，他却只能身不由己地一再捲入政治風波。

元祐八年（1093），秦觀四十五歲，升任國史院編修官。這時蘇軾也被從外任召回朝廷，任兵部尚書，秦觀終於得到機會，日日游於東坡之門。和他同時經常在蘇軾府中走動的還有黄庭堅、張耒、晁補之三人，他們被人合稱為“蘇門四學士”。四人當中，秦觀尤其得到蘇軾的賞識，對秦觀的文章，蘇軾總是極口稱善，說他“下筆精悍，心所默識而口不能傳者，能以筆傳之”。雖然他偶爾也對秦觀作詞學柳永的俗陋浮豔之類毛病略表不滿，但那都只是隨口說說，並不真正影響他對秦觀才華和寫作成就的賞識。可以說，這段時期，是秦觀一生中最為愜意、歡樂的時光。

但好景不長，這一年的九月，一直垂簾聽政的高太后駕崩，十八歲的宋哲宗開始親政。高太后在世時，宋哲宗的意見一直受到忽視，這位少年皇帝產生了逆反心理，他一旦親掌大權，立刻著手重新恢複王安石的變法主張，同時嚴厲打擊反對變法的舊党官員。蘇軾因為政見不合，自請外放，被授任定州知州。第二年，也就是紹聖元年（1094）三月，舊党的執政官員吕大防、范純仁、蘇轍、范祖禹等皆被罷職。秦觀因為名列元祐舊黨，也受到株連，被貶為杭州通判。

在離京之前和去杭州的路上，秦觀寫了很多詩詞抒發自己離別的憂思、遭貶的苦悶，如著名的《望海潮》（梅英疎淡）、《江城子》（西城楊柳弄春柔）等。新黨對舊黨的打擊日漸嚴厲，他在杭州還沒緩過氣來，又被御史劉拯揭發，說他擅自增損《神宗實錄》，於是再貶為監處州（今浙江麗水）酒稅。他的師友蘇軾等人的命運也好不到哪里去，蘇軾本人接連從定州貶英州，再貶到惠州；蘇轍則從汝州貶袁州，續貶筠州；黃庭堅從鄂州貶黔州；晁補之出知潤州，再貶到宣州；張耒貶監信州酒稅……這些都使秦觀更為苦悶。

秦觀在處州呆了兩年，日子過得很不開心。當地官員得到朝廷指令，對他進行密切監視，極力搜尋他的過失，雖然一無所得，但無疑給秦觀的生活造成極大困擾。這個時期，秦觀學佛以遣愁悶，常去法海寺修懺，並抄寫佛經，忌恨他的人就藉此構陷，誣告秦觀寫佛書，以此罪狀將秦觀削秩，貶到偏遠的郴州（今湖南郴州）。削秩是將所有的官職封號去除，是對士大夫最嚴重的懲罰。貶謫南荒時秦觀心情之悲涼絕望可知。《踏莎行》詞中所謂"霧失樓臺，月迷津渡，桃源望斷無尋處"，正是他此時的寫照。但厄運並沒有結束，第二年，他又被貶到更偏遠的橫州（今廣西橫縣）。在橫州呆了一年，又續貶雷州（今廣東海康）。數年之間，秦觀一直顛沛流離於貶謫的路上，而且貶逐之地離京師越來越遠，歸鄉無期。

元符三年（1100）五月，二十五歲的宋哲宗駕崩，其弟趙佶即位，是為徽宗，嚮太后臨朝輔政。嚮太后比較傾嚮於元祐舊臣，五月，她以徽宗的名義下赦令，聲稱不論新黨舊黨，均一視同仁，於是被貶的舊黨群臣大多開始內徙。蘇東坡被暫時調往廉州（今廣東合浦），秦觀與他相會於海康，他還寫了一闋《江城子》（南來飛燕北歸鴻），抒發久別重逢的心情。

不久，時年五十二歲的秦觀也奉命從雷州回京師，拜為宣德郎。七月，他從雷州動身北行，八月路經藤州（今廣西藤縣）時，因為中暑，病卧光華亭，他要水喝，家人送來一碗水，他"笑視之而卒"，結束了坎坷淒涼的人生。張耒為他寫的祭文中這樣總結他的遭遇："嗚呼！官不過正字，年不登下壽。間關憂患，橫得罵詬。竄身瘴海，卒仆荒陋。"

秦觀的一生，可謂命運坎坷，他的創作風格，也因身世的變故而有較大變化。南宋的呂本中就說："少游過嶺後詩，嚴重高古，自成一家，與舊作不同。"意思是說，他被貶往嶺南橫州之後，詩歌風格大變。其實早在紹聖元年被貶為杭州通判之後，秦觀的創作風格就已經有明顯變化，字裏行間充滿了哀傷和遷謫之恨，從以前的多寫豔情到改寫身世之感、人生之悲，大大豐富了詞這一文體的表達內容，這也是他本人創作的一個巨大飛躍。

有一點應當指出，秦觀雖然主要以詞名著稱，但實際上他是個文學多面手，文章、辭賦、詩歌樣樣精通，而且他自己對此也頗為自負。元豐七年，他自編《淮海閑居集》，並沒有把詞列入編內，認為它們文辭鄙陋，不足傳世。雖然這有詞為小道、不登大雅之堂的傳統觀念的影響，但至少可以看出，他本人並不以專業詞人自居，他更多的還是想實現經世濟民這一傳統的士大夫理想。

秦觀為文以議論見長，他的文章結構嚴密，說理透徹，筆鋒犀利，邏輯清晰，而且富有激情，很得蘇軾激賞。元祐三年，他應賢良方正直言極諫科，總共獻策三十篇、論二十篇，從政治、經濟、軍事等各個方面，提出了一整套政治主張。他的思想比較複雜，對於王安石的新法，他並不完全持排斥的態度，雖然總的來說，他是站在舊黨一邊的，但他也反對盡廢新法，認為新法中的某些法令有其合理成分，這一點和蘇軾比較接近。除了政論之外，秦觀的游記也寫得頗為出色。他的游記如《龍井題名記》，把西湖至龍井的夜景描寫得詩意盎然，極富幽雅之趣。

除了詞之外，秦觀寫詩也很下功夫。他的詩比詞內容廣泛，早年家居時，他就寫了很多田園詩和閑適詩，在各地游歷時則寫了不少紀游詩。他的一部分詩風格失之柔媚，金代元好問就稱之為“女郎詩”，但實際上這樣的評價並不全面。他的古體詩有的寫得清新俊逸，所以王安石、呂本中等人都稱讚他有鮑照、謝靈運的風格。他一洗北宋詩壇當時瀰漫的“以文字為詩，以議論為詩，以才學為詩”的毛病，清新婉麗，自成一家，足以在宋詩史上占一席之地。

秦觀的詞可以分為三個創作階段：成進士之前，中進士到紹聖元年被貶，被貶之後。第一階段的創作多為紀游，間或有抒發落第之憾的作品，寫作手法則是把身世之感融入豔情，如《滿庭芳》（山抹微雲），藉男女之情來抒發不得志的失意，仍然藉用古代詩文的常用手法。這一時期秦觀的詞作雖然寫得柔媚委曲，富有才華，在藝術上達到了一定高度，但意境還停留在繼承傳統的階段，沒有多少創新。

中進士之後，秦觀在仕途上並不得意，雖然隸屬舊黨，却又因為性格灑脫不羈，遭到持保守觀念的洛黨抨擊。但這一時期，他畢竟過著較為適合其個性的酒朋詩侶唱和過從的生活，尤其是經常出入於蘇軾之門。由於蘇軾等人的揄揚，他的名聲日漸流布。這時期他的詞作內容上仍不脫豔情，但風格清新婉麗，高雅蘊藉，和柳永等人的詞風有很大區別。近代學者王國維稱秦觀的詞“方之美成，便有淑女與倡伎之别”，說他的詞跟另一位著名婉約詞人周邦彥之間的差别，就好比淑女與倡伎。

紹聖元年遭貶後，秦觀詞風格大變，由清麗婉約一變而為哀婉淒清，名作甚多，這些作品引起當時和後世很多人的共鳴，這點在正文的解說中將更多言及。

秦觀的詞主要寫男女情事，寫得細膩真摯，為許多讀者所接受和喜愛。從南宋開始，他已經被視為正宗的婉約派第一流詞人。隨著時代的發展，他的詞名完全掩蓋了詩名和文名。他的詞善於把男女戀情同坎坷身世相結合，藝術手法含蓄蘊藉，經常通過幽冷的意境，用“飛絮”“落花”“黃昏”“流水”等意象來營造惝恍清幽的藝術世界，讀者多被他營造的意境所俘獲，為之低回感嘆，不能自已。與他同為“蘇門四學士”之一的晁補之就曾這樣讚嘆：“近世以來作者，皆不及秦少游。如‘斜陽外，寒鴉數點（按：秦觀原詞是“寒鴉萬點”），流水遶孤村’，雖不識字，亦知是天生好言語。”

秦觀共存有文集四十卷、後集六卷、長短句三卷。他生前可能沒有想到，為他贏得千載之下聲名的傳世之作，竟然是他起初不想編入集子的長短句。

浣溪沙

漠漠輕寒上小樓，曉陰無賴似窮秋。
淡烟流水畫屏幽。

自在飛花輕似夢，無邊絲雨細如愁。
寶簾閑挂小銀鈎。

題解

這首詞是秦觀的代表作之一，絕大多數宋詞選本都選入。它的創作時間不詳，但帶有典型的秦觀詞特徵，幽雅、婉約、含蓄、低回，音韻和諧優美，用語清新自然，色調輕淺，意境幽遠，含蓄地描繪出一個女子在春陰天氣裏寂寞哀怨的心情。

浣溪沙（漠漠輕寒上小樓）詞意圖 高嚮陽 繪

【句解】

漠漠輕寒上小樓，曉陰無賴似窮秋

微寒籠罩著小樓，這是一個春天的陰霾日子，時間是早上，正下著淅淅瀝瀝的小雨，使人感到春寒的侵襲。“漠漠”，兼有瀰漫無邊和輕淡之意；“輕寒”，薄寒、微寒，有別於冬日嚴寒或料峭春寒。薄薄春寒無邊無際，又無聲無息地籠罩小樓，這使樓中人覺得，這個早上就像陰涼肅殺的九月深秋一樣。

“曉陰無賴似窮秋”這個比喻曾得到不同的評價，梁啓超的評語是“奇語”，但是《續編草堂詩餘》的編者沉際飛就認為這一句寫得不好。客觀地說，這個比喻確實新奇，這種春陰似秋的感覺前人也曾寫過，如唐人韓偓《惜春》詩：“節過清明却似秋。”但與秦觀這句相比，就顯得平淡無奇。春陰寒薄，使人感到抑鬱，因而埋怨這種天氣“無賴”。“無賴”在這裏是令人厭煩而又無可奈何之意。當然，沉際飛的看法也不無道理，畢竟春天和秋天給人的感覺很不同，就算春陰，也不可能像深秋那麼蕭瑟。作者這麼寫，是為了盡情渲染詞中人哀愁、寂寞的心境。“窮秋”，深秋九月。

淡烟流水畫屏幽

樓中人幽微的情感容易受外界的影響，這種天氣讓她感到無奈。在這樣的時候，樓高四面，闌干獨倚，不能出游賞花，只能坐在樓上看著畫屏上的一幅《淡烟流水圖》發呆。畫的內容是一抹淡烟，一灣流水，也和樓外烟雨濛濛的情境相仿，於是愁緒暗生。

自在飛花輕似夢，無邊絲雨細如愁

縱目樓外的風景，暮春的殘花片片從枝頭飛墜，輕盈飄蕩在空中，像夢一樣捉摸不定；無邊的朦朧雨絲纖細透亮，像人間的愁緒一樣不絕如縷，欲斷還連。《浣溪沙》的下闋首兩句要求對仗，作者是此道高手，這兩句不但音律諧和，對仗工穩，從內容上來看，也顯示出很強的感受能力。

飛花似夢，細雨如愁，都是用具體可感的東西來比喻抽象的東西，以纖細的筆觸把不可捉摸的情緒轉化為可感的藝術形象，千百年來一直被人們推崇。沉際飛認為這兩句超越了南唐二主的類似描寫（《續編草堂詩餘》）。雨能觸發人的愁緒，這應當是人的普遍感覺，把細雨比作愁思，或許還不算什麼新鮮發明；但是把飛花比作夢，則頗有過人之處。飛花的婉轉飄墮，輕盈無依，也確實像夢一樣難以捉摸。今人沉祖棻《宋詞賞析》分析這兩句時，說：“它的奇，可以分兩層說。第一，‘飛花’和‘夢’，‘絲雨’和‘愁’，本來不相類似，無從類比。但詞人却發現了它們之間有‘輕’和‘細’這兩個共同點，就將四樣原來毫不相干的東西聯成兩組，構成了既恰當又新奇的比喻。第二，一般的比喻，都是以具體的事物去形容抽象的事物，或者說，以容易捉摸的事物去比譬難以捉摸的事物……但詞人這裏却反其道而行之。他不說夢似飛花，愁如絲雨，而說飛花似夢，絲雨如愁，也同樣很新奇。”這兩句不但設想奇絕，而且別具音韻之美和詩情畫意。

寶簾閑挂小銀鈎

簾帷和銀鈎容易讓人聯想到愛情。作為結句，這句起到了總結全篇的作用，顯得溫潤蘊藉，饒有餘味。表面看來只是描寫樓上的裝飾，但寶簾高挂、銀鈎斜挽的靜穆景象也是主人公情緒的反映，使讀者仿佛也感覺到樓中歲月的安靜美好，樓外的斜風細雨似乎和此毫無關係。技巧上由前兩句的動轉入這一句的靜，也別有一番滋味。

評解

這首詞主要通過對景物環境的塑造和描繪，抒發出作者心中幽微的情感。構思精巧，意境優美。從藝術結構上來看，整首詞似乎都是寫景，從春寒寫到小樓，寫到畫屏，寫到飛花，寫到絲雨，最後寫到寶簾，但由景中見情，比直接抒情還要來得蘊藉有味，展示了作者高超的煉字造境的藝術功力，產生出很強的藝術感染力，不愧是佳作，《詞則大雅集》認為它“宛轉幽怨，溫韋嫡派”，是典型的婉約詞。有學者認為，在秦觀的所有詞作中，小令應當以此篇為壓卷。

行香子

樹遶村莊，水滿陂塘。
倚東風，豪興徜徉。
小園幾許，收盡春光。
有桃花紅，李花白，菜花黃。

遠遠圍墻，隱隱茅堂。
飏青旗，流水橋傍。
偶然乘興，步過東岡。
正鶯兒啼，燕兒舞，蝶兒忙。

題解

本詞大約作於作者創作早期的熙寧年間，當時作者家居，尚未出仕。本詞描寫的是田園風光，節奏明快，尤其是上下闋結尾三個三字排比句，音節流美，讀來有非常獨特的效果。唐、五代、北宋的詞一般都是描寫男女之情夫婦之愛，像這樣用樸素的語言、輕快的格調描寫農家風景的，可謂异類，與秦觀的一貫詞風也不大相同；但秦觀家居期間確曾寫過同類題材的《田居四首》等詩，也確曾寫過一些學習鄉言土語的詩詞。

行香子（樹遶村莊） 詞意圖　孫文鐸 繪

【句解】

樹遶村莊，水滿陂塘。倚東風，豪興徜徉

層層綠樹環遶著村莊，池塘裏春水新漲。詞人迎著撲面的楊柳東風，興緻勃勃地徜徉著。“陂塘”，池塘，水塘。這幾句讓人聯想起唐代的田園詩，這難道不是正像孟浩然筆下的“綠樹村邊合，青山郭外斜”的美麗風景嗎？“東風”點明時令，“豪興”說明詞人游興正濃，“徜徉”則顯示他信步閑游、怡然自得的神態。柳絲如線的春天，池水高漲碧綠，這讓人聯想到謝靈運的詩“池塘生春草，園柳變鳴禽”，在這種風光感染之下，詞人很有豪興也是自然而然的事了。

小園幾許，收盡春光。有桃花紅，李花白，菜花黃

詞人的目光忽然被一座春意勃發、色彩絢麗的小園吸引，他駐足欣賞，只見滿園都是豔紅的桃花、雪白的李花、金黃的菜花，真讓人目不暇接。這一組排比，色彩感非常強烈鮮明，而且似乎能讓人透過字面嗅到花香。語句平實，看似隨口道來，却蘊藉有味，寥寥數語，寫盡無限春光。

遠遠圍墻，隱隱茅堂。颺青旗，流水橋傍

在飽覽了姹紫嫣紅的農家田園風光後，作者縱目遠望，看見遠處圍墻一曲，墻內還隱隱有茅草覆蓋的房屋。在一灣流水的旁邊，則挑出一面青色的旗幟，那大概是鄉村小酒店的酒招。這幾句讓人想起唐朝杜牧的《清明》詩：“藉問酒家何處有，牧童遥指杏花村。”兩首詩詞的意境頗有相似之處，惹人遐想。

偶然乘興，步過東岡。正鶯兒啼，燕兒舞，蝶兒忙

“偶然乘興”兩句幾乎就是在用散文的筆法敘事，插在前後的寫景詞句當中，別具一種蕭散自得、搖曳生姿的意趣。岡是比較高的小丘，它遮擋了詞人的視線。等到詞人走過東岡，眼前又像漫游奇境一樣，出現了各種飛翔的小動物：鶯兒在啼，燕兒在飛舞，蝶兒則趁著春光花豔急急忙忙地授粉。鶯、燕、蝶是春天最典型的三種鳥蟲，而“啼”“舞”“忙”三個動詞正好寫活了它們各自的特點，使春天的勃勃生機躍然紙上。與上片結尾對應，進一步強化了春天生機無限的印象。

評解

秦觀不但擅長描寫男女情愛，寫起田園風光來也毫不遜色，這首詞就是一個很好的例證。整首詞通過作者閑庭信步似的踏青，描繪了前後所看到的兩個場景。上闋表現的是一處靜態風景，主要是小園和各種色彩繽紛的春花。下闋則描寫流水青旗的農家鄉院以及鶯歌燕舞、蝶影翻飛的迷人春色。上下兩闋的風景合起來，便組成了一幅春意盎然的宋代農村畫卷。語言樸素天然，節奏清新歡快，是一首不可多得的佳作。

滿庭芳

山抹微雲，天黏衰草，畫角聲斷譙門。
暫停征棹，聊共引離尊。
多少蓬萊舊事，空回首，烟靄紛紛。
斜陽外，寒鴉萬點，流水遶孤村。

銷魂。當此際，香囊暗解，羅帶輕分。
謾贏得青樓薄幸名存。
此去何時見也，襟袖上空惹啼痕。
傷情處，高城望斷，燈火已黄昏。

題解

關於這首詞的寫作背景，有一段故事，據宋人胡仔《苕溪漁隱叢話》卷三十三引《藝苑雌黄》說，元豐二年（1079）五月，秦觀到會稽（今浙江紹興）省親，看望祖父和叔父，和郡守程師孟結識，兩人相處得很好。程師孟把他安頓在蓬萊閣居住。秦觀經常出席程師孟舉辦的宴會，對一個美麗的歌妓心生愛意，那歌妓對秦觀也頗愛慕。這年初冬時節，秦觀離開會稽，未免依依不捨，在臨别之時，寫了這首詞作為紀念。這是秦觀最有名的詞作之一，因為第一句“山抹微雲”，他被稱為“山抹微雲秦學士”。

滿庭芳（山抹微雲）詞意圖　林百石繪

【句解】

山抹微雲，天黏衰草，畫角聲斷譙門

既然有衰草，說明至少是秋天了。“抹”字、“黏”字用得很好，把暮靄蒼蒼遮斷山脈、衰草無邊無際與天相接的景況描寫得十分傳神。如果直說“山掩微雲”“天連衰草”，那就意境全無了。“黏”字這種用法是化用古人成句，如韓愈文《祭河南張員外文》“洞庭漫汗，黏大無壁；風濤相豗，中作霹靂”，形容洞庭無邊的水波和天際相接；而唐代張祜的詩“草色粘天鶗鴂恨”則是形容春草碧連天。古人詩句類似的還有黃庭堅“遠水黏天吞孤舟”、趙文升“玉關芳草黏天碧”等。但秦觀這一句無疑用得最為凝練傳神，他自己對此也比較得意，還把“山抹微雲，天黏衰草”這兩句化用在自己的《與子瞻會松江得浪字》詩裏：“離離雲抹山，窅窅天黏浪。”“畫角聲斷譙門”襯托出了環境的清冷。“畫角”，管狀樂器，出自西羌，聲音哀厲高亢，古代傍晚時分城樓吹角，用以報時；畫角聲停止，點明時間已是黃昏。“譙門”就是譙樓，可以登上眺望、報時間的更鼓樓，樓下有門，故也稱譙門。

暫停征棹，聊共引離尊。多少蓬萊舊事，空回首，烟靄紛紛

詞人在一片畫角聲籠罩的傍晚將離開會稽，依依不忍，却又不得不離去。他擺下酒宴，和戀人告別。觥籌交錯之際，不免想起了諸多往事。他在會稽時住在程師孟安排的“蓬萊閣”上，在這裏他們共度了一段好時光，但是這一切都將隨著詞人的離開而成為“蓬萊舊事”，化為片片過眼烟雲，以後也只有空自回首了。

斜陽外，寒鴉萬點，流水遶孤村

這幾句是有名的寫景佳句。他們縱目四望，見遠處碧水環遶著孤零零的一個村落，成千上萬隻寒鴉在村落的上空盤旋，天際斜陽有氣無力地高挂著，絲毫不能散發溫暖。這種孤凄的景象正適合襯托離人的心情。如果一對有情人久別重逢，無論景物多麼蕭瑟，他們的心中也是和暖如春的，或許在他們眼中，再蕭瑟的場景也蘊涵著融融春意。但像此際黯然分離的時候，同樣的場景觸發的心情顯然就完全不一樣。這三句在藝術上也非常出色，巧妙地化用了隋煬帝楊廣的詩：“寒鴉千萬點，流水遶孤村。”除了缺少斜陽，這兩句詩與秦觀詞的意象完全一樣。但楊廣詩中這兩句的前後詩句都平平無奇，

堪稱有句無篇，雖然寫作時間在前，却要靠秦觀的化用，其妙處纔得以彰顯。這充分說明了秦觀藝術造詣之高。宋代詩人晁補之曾經盛讚這三句說：“雖不識字，亦知是天生好言語。”可見它的魅力。

銷魂。當此際，香囊暗解，羅帶輕分

“銷魂”雖然只是短促的兩個字，却好像一次情感的突然宣泄，把讀者從作者極力渲染的淒清意境中喚醒過來，從而注意到作者的心情波動。“銷魂”本義是魂魄消散，它既有極度歡樂的意思，也有極度失落的意思。因為兩者都是情感的極緻，都好像魂魄飄蕩無存，自己無從把握。在這裏，作者用的是後一個意思。他現在極度傷心，因為“香囊暗解，羅帶輕分”，暗示他要和心上人正式分別了。“香囊”和“羅帶”都是古代定情的信物，現在既然要分、要解，說明情從此逝，再不可追。

謾贏得青樓薄幸名存

面對此情此景，詞人不禁慨嘆：這樣的離愁別恨給對方帶來了何等的惆悵，而自己也只留下了一個薄幸寡情的聲名。語氣中既有自責，又不無自我憐惜。“青樓薄幸”出自唐人杜牧的詩句“十年一覺揚州夢，贏得青樓薄幸名”。杜牧這樣自嘲，是帶著空有大志而不得馳騁的怨憤的，因為無法施展抱負，纔只能躲在男女情愛之中，但現在連情愛也要變成一場空，徒留薄幸之名。秦觀藉用杜牧詩，也帶著同樣的自嘲心情。

此去何時見也，襟袖上空惹啼痕。傷情處，高城望斷，燈火已黃昏

從此一去，不知有情人是否還會相見，何時相見。他們正在傷懷感嘆、為之落泪的時候，望見城樓上一片燈火，天色已經晚了。時間上與上闋的“斜陽外”產生呼應，暗示在不知不覺的悲懷之中，時間已然流逝。

評解

這首詞的內容可歸入“豔情”一類，但把豔情寫得如此婉轉淒惻，蕩氣回腸，則使人不得不驚嘆作者藝術功力之深厚。有學者認為，這首《滿庭芳》是秦觀長調中的壓卷之作。這首詞在寫景煉字方面極為出色，起句便是一組工穩的對仗，“抹”“黏”兩個字用得尤其精妙，將微雲截山、碧草界天的場景寫得歷歷在目。據說，有一次他的女婿范溫出席一個貴人的家宴，貴人家有一個得寵的侍女，擅長唱秦觀的詞，她對范溫連瞟都沒瞟一眼。范

溫生性恭謹，也不多說一句話。等酒宴到了高潮的時候，那個侍女纔指著范溫問："這個郎君是什麼人？"范溫趕緊站起來行禮說："我乃是您所唱的'山抹微雲'的女婿。"此言一出，酒宴上的客人們都哈哈大笑，為之絕倒。由此可見，秦觀這首詞的名氣。

蘇東坡也很喜歡秦觀的這首詞，曾戲稱秦觀為"山抹微雲君"。但蘇東坡對這首詞也不是完全滿意，認為其中有些部分寫得像柳永之詞。秦觀從會稽來到東京，拜見蘇東坡。蘇東坡先誇獎他說，現在都城裏都在傳唱他的"山抹微雲"之詞，秦觀表示不敢當。但蘇東坡又說："沒想到離別之後，你却學柳七（指柳永）作詞。"秦觀知道蘇東坡不喜歡柳永，認為柳永的詞作有時過於香豔萎靡而且俗俚，趕忙辯解道："我雖然沒有什麼見識，也不至於像柳永那樣吧？"蘇東坡說："'銷魂。當此際'，這不就是柳七的口吻嗎？"秦觀無言以對，愧赧稱服。不過這首詞已經唱遍天下的歌樓，不可能再收回修改了。那麼，蘇東坡對這首詞到底喜歡與否呢？他總體上應該還是喜歡的，任何發自肺腑的作品，不管如何香豔，總能打動人心，晏幾道的豔詞不是連著名理學家程頤也為之心旌搖搖，讚為"鬼語"嗎？蘇東坡之所以還要批評秦觀，是因為秦觀是其最得意的門生，對其的長處要誇，對其的不足之處也要提醒，以免他真的像柳永那樣往香豔俗俚的路子上走，則深情不免變為濫情，感人不免變為肉麻。東坡這種微妙的心理，可以理解。

由於這首詞寫得極為哀婉凄惻，所以有評論者認為這是秦觀遭貶之後的作品，不過這種說法並不可靠。文人填詞渲染悲情，不一定都要聯繫到自己的身世。況且有的人天性多情多思，就算出身富貴，寫出來的作品也免不了纖弱哀婉。北宋宰相晏殊的兒子晏幾道，別號小山，可謂出身大家，可是他的《小山集》，大部分都寫得哀婉動人；清朝的納蘭容若，也出身宰相之家，可是他的《飲水詞》也滿紙瀰漫著低徊傷感。秦觀和他們無疑是一類人。清人馮煦《蒿庵論詞》謂："淮海、小山，真古之傷心人也。其淡語皆有味，淺語皆有緻。"把秦觀和晏幾道畫為一類，可謂卓識。

雖然歷來評家都對這首詞讚不絕口，但也有例外的意見。有人就認為它"情景間未能勻稱"，因為"山抹微雲，天黏衰草""多少蓬萊舊事，空回首，烟靄紛紛""銷魂。當此際，香囊暗解，羅帶輕分。謾贏得青樓薄幸名存。此去何時見也，襟袖上空惹啼痕"，這些都是纏綿悱惻的情景；而"畫角聲斷譙門，暫停征棹，聊共引離樽""斜陽外，寒鴉萬點，流水遶孤村”“傷情處，高城望斷，燈火已黃昏”則另是一種豪邁蒼涼的情景，二者交錯出現在同一首詞中，不太協調。這種說法雖也有一定道理，但蒼涼的情景和悱惻的情景兩者本來並非絕對不能並存、相通，這種意見不足以減弱這首詞的魅力。

八六子

倚危亭，恨如芳草，萋萋刬盡還生。

念柳外青驄別後，水邊紅袂分時，愴然暗驚。

無端天與娉婷。

夜月一簾幽夢，春風十里柔情。

怎奈嚮歡娛漸隨流水，素弦聲斷，翠綃香減，

那堪片片飛花弄晚，濛濛殘雨籠晴。

正銷凝，黃鸝又啼數聲。

題解

這首詞作於元豐三年（1080），當時秦觀的好友孫覺作了一首《召伯門野亭詩》，其他人寫詩詞唱和，這首詞就是秦觀的唱和之作。詞的內容是寫作者對某位愛戀過的女子的相思之情。

八六子（倚危亭） 詞意圖　王興華 繪

【句解】

倚危亭，恨如芳草，萋萋刬盡還生

開始這幾句，便把整首詞的基調奠定了。“危亭”，即高亭，並且“危亭”之“危”，還給人一種孤獨淒涼的感覺；倚著危亭，境界顯得更加蕭瑟。一般詞人寫“倚欄干”，那是很平常的意象，很陳舊的句子，而“倚危亭”三字則非常生新，別有一種味道。難怪清代周濟在《宋四家詞選》裏對起句“倚危亭”的評價是：“神來之筆！”

詞人靠著危亭，望著眼前的無邊綠野，突然一陣傷心的情緒涌上心頭，感覺那情緒就像面前綠野上的青草一樣，萋萋茂盛。用青草比愁緒，前人也寫過。比如，李煜的《清平樂》：“離恨恰如春草，更行更遠還生。”詞人在藉用李煜詞中意象的同時，又藉用了白居易詩的意象：“离离原上草，一歲一枯榮。野火燒不盡，春風吹又生。”白詩本來是歌頌春草生命力之頑強的。但是當詞人把這種頑強和自己的愁緒聯繫在一起時，就產生了新的含意：無邊的春草生長得如此茂盛，就如自己的離愁別恨一樣；而且它每年必來，像春草一樣年年複生，不能刬盡。對於詞人來說，春愁是每年都來的，就算沒有什麼傷心事，它都不會爽約。因為春日的明媚和它的轉瞬即逝，必然會勾起多情人韶華不居、時節如流的悲傷，何况作者心中還有實實在在值得傷心的事呢？“刬”，即鏟。

念柳外青驄別後，水邊紅袂分時，愴然暗驚

接下來這幾句描述，讓我們陡然明白，原來作者的悲傷，是想起了當初和人分別的場景。“紅袂”也就是紅袖，既然是紅袖，那與他分別的自然是一位女性了。這幾句所寫的離別場景，也是中國詩歌的典型意境，正如南朝江淹的《別賦》裏所說：“春草碧色，春水淥波。送君南浦，傷如之何？”在春天這種典型的催發情思的季節裏離別，怎能不引起人的巨大傷感？詞人通過對這種淒絕場景的描寫，表達了永不斷絕、時時萌生的離別之恨，可謂情景交融，具有很強的藝術感染力。

無端天與娉婷。夜月一簾幽夢，春風十里柔情

與上闋相比，下闋比較繁複。起首三句寫詞人心中的感嘆，無端端地，蒼天眷顧他，送來這樣一個娉婷的美人，他們在一起度過了歡愛歲月。那時候淡月斜挂，映射簾櫳，他們在屋裏靜靜地相擁，做著幽夢，充滿了柔情蜜

意。“春風十里”暗用唐人杜牧《贈别》詩：“娉娉嫋嫋十三餘，豆蔻梢頭二月初。春風十里揚州路，捲上珠簾總不如。”那是杜牧描寫自己年少時候風流生活的，而詞人藉用此意象，暗示自己當時曾陶醉於這汗漫無邊的溫柔鄉。這兩句看似景色描寫，實際上是暗寫作者和心上人在一起度過的歡樂年華；從詞句所渲染的美好景色中，讀者分明感覺到了情人之間流淌的融融春意。寫景如此，真可謂出神入化。

怎奈嚮歡娱漸隨流水，素弦聲斷，翠綃香減

接下來筆鋒一變，“怎奈嚮”即奈何之意。詞人感到無奈的是，那些春風鬢影的日子將一去不複還，歡娱逐漸像流水一樣逝去。“素弦聲斷，翠綃香減”八個字暗示著作者和心上人的分離。古人說夫妻相好，經常用“琴瑟和鳴”四個字來形容，既然素弦已斷，說明他們之間已遭遇變故。翠綃香減，是說他們之間的恩情也像羅帕的香味一樣淡去了。

那堪片片飛花弄晚，濛濛殘雨籠晴

“那堪”兩句，又重新寫面前的風景，只見飛花片片飛墮，在晚風中飄蕩，好像在游戲一般；又見殘雨濛濛，逗引著若有若無的夕陽，“東邊日出西邊雨”，這種凄迷的景色蘊涵著作者無比的懷人惆悵。這也是融悲情入美景的句子，王國維說：“昔人論詩詞有景語、情語之别，不知一切景語皆情語也。”秦觀的詞句，無疑達到了這一境界。

正銷凝，黄鸝又啼數聲

“銷凝”就是銷魂，作者正對著面前的風景懷念舊歡、傷感不已的時候，突然聽到幾聲黄鸝的嬌啼。雖然他沒有直說黄鸝的啼聲說明了什麼，而只是描述了一個有聲有色的場景，但讀者可以從這幅畫面中感悟到作者的心情：這種突然而至的啼聲看起來雖然打斷了作者的凝想，中止了他懷人的惆悵，但實際上就像殘夢驚醒一樣，不但不能使人感到心安，反而會進一步增加感傷的程度。晏幾道的《臨江仙》詞裏說：“夢後樓臺高鎖，酒醒簾幕低垂。”夢醒後回顧夢中的場景，只怕是悲傷愈來愈深，因為就算是舊歡離别，凄愴傷心，也比眼前空無一物的情景好。作者倚危亭遐想過去，也如進入夢中一般，乍然被黄鸝聲打斷，怎麼會不傷心？

前人指出，“正銷凝”幾句，是化用唐人杜牧的《八六子》詞的最後兩句：“正銷魂，梧桐又移翠陰。”杜牧當時從沉思中醒來，發現樹影暗移，時光流逝，宛如流年變換，頓起黍離之悲。杜牧的詞在藝術上也很有特色，但和秦觀這兩句比起來，文字比較靜態，秦觀可謂青出於藍而勝於藍了。當然，細究起來，秦觀的這種寫法仍舊是有所本的，比如歐陽修《蝶戀花》“濃睡覺來鶯亂語，驚殘好夢無尋處”，就是寫好夢被鶯聲驚破、悵然不已的感受。秦觀是從歐陽修的這兩句詞中得到啓發，還是他自己獨出機杼，和前人不謀而合呢？那就不知道了。

評解

這首詞也是膾炙人口的名篇，前人關於它的評論很多。南宋詞人張炎在《詞源》裏這樣評價：“離情當如此作，全在情景交煉，得言外意，猶如‘勸君更盡一杯酒，西出陽關無故人’，乃為絕唱。”指出了它以景帶情、情景交融的藝術特色。明人李攀龍在《草堂詩餘雋》卷四的眉批中說：“全篇句句寫個‘怨’意，句句未曾露個‘怨’字。”這種“意在言外”的神奇藝術功力，在北宋詞人中是不多見的。詞人已逝，他的情思却留了下來，使我們千百年後猶能感知他的幸福，感知他於南浦離別時的傷痛，感知他倚危亭懷人的情思哀婉。文學的感染力，一至於斯，難怪清人黄了翁《蓼園詞選》談到這首詞時會感慨：“寄托耶？懷人耶？詞旨纏綿，音調凄惋如此。”

畫堂春

落紅鋪徑水平池，弄晴小雨霏霏。
杏園憔悴杜鵑啼，無奈春歸。

柳外畫樓獨上，憑闌手撚花枝。
放花無語對斜暉，此恨誰知？

題解

這首《畫堂春》大約作於元豐五年（1082）的暮春，當時秦觀赴京城參加禮部試，落第而歸。他遊園的時候目睹殘春花枝零落，正和心中悒鬱的心情相感，遂作此詞一抒怨憤。

畫堂春（落紅鋪徑水平池） 詞意圖　蕭惠珠 繪

【句解】

落紅鋪徑水平池，弄晴小雨霏霏

落紅成陣，鋪滿了小徑以及旁邊平滑如鏡的水池。這時正下著霏霏的小雨，而天色却又是微微晴朗的，小雨仿佛在逗弄著陽光，這般天氣，真讓人哭笑不得。可以想象這樣一副畫面：在陰晴不定的陽光下，雨花零落，嫣紅的花瓣四處翻飛；詞人站在水池邊，百無聊賴。

杏園憔悴杜鵑啼，無奈春歸

時值春暮，花朵凋殘，杜鵑哀啼。望著憔悴不堪的杏園，聽著哀怨的杜鵑啼聲，詞人心裏滿是落第的愁苦。春歸與否固然也是引起哀愁的一個方面，但最重要的還是心情的不快。杏園是個地名，舊址在今天的陝西西安市大雁塔的南面。唐代的時候，它與慈恩寺南北相對，在曲江池的西南面，是當時的新科進士游宴之處。據《秦中歲時記》記載，新進士在杏園舉行宴會，稱為探花宴，派少年英俊的進士二人為探花使，遍游名園。“杏園憔悴”暗喻落第的意思。

柳外畫樓獨上，憑闌手撚花枝

像放幻燈一樣，下闋的背景改換了。這時作者已經站在畫樓上，注目周圍的景緻，只見柳枝依依，隨風飛蕩。倚欄對柳，幾乎成了中國古典詩詞中一個表現春日風景的標準畫面，這種弱柳扶風的場景很快就把讀者帶入春日的詩情畫意當中。詞人憑靠著畫欄，手裏捏著花枝，不知在思考著什麼。

放花無語對斜暉，此恨誰知

詞人憑欄站立良久，手不知不覺地鬆開了，花枝墜下樓去。而此刻韶光暗逝，殘照斜暉，他不禁暗嘆此時的愁恨無人知曉。從“憑闌手撚花枝”到“放花無語對斜暉”，鋪陳極妙，把詞人悵惘成痴，不覺日已西移、流光暗拋的情景描繪得栩栩如生。至於詞人到底因何悵惘，他沒有說，我們却可以從他的動作和周圍風景的描寫至少猜到，一是暗嘆功名之不立，一是暗嘆春色之凋零。而這兩者實際上又容易被聯想到一起，流光容易把人拋，文章、才學却不得售，功名不得立，怎不讓人感慨？

評解

唐末韋莊有一首《菩薩蠻》，也寫春恨："洛陽城裏春光好，洛陽才子他鄉老。柳暗魏王堤，此時心轉迷。 桃花春水淥，水上鴛鴦浴。凝恨對殘暉，憶君君不知。"和秦觀的這首相比較，韋莊的詞是由春光爛漫而引發作客他鄉的感慨，和秦觀所感慨的東西有所不同，但這兩首詞中一些心情和動作的描寫却相似。尤其最後兩句，韋莊說"凝恨對殘暉，憶君君不知"，而秦觀則說"放花無語對斜暉，此恨誰知"。都是面對殘暉，心情悵惘，只不過韋莊是因為看見淥水上嬉戲的鴛鴦而懷念家鄉的妻子，秦觀到底恨什麼，沒有交代，也許他同樣思念心上人呢。在寫法上，秦觀的結句可能也受韋莊的啓發。

"放花無語對斜暉，此恨誰知"這個結句，是全詞的精華所在，前人曾有過很多讚嘆。《填詞雜說》裏說："填詞結句，或以動蕩見奇，或以迷離成雋。著一實語，敗矣。康伯可'正是銷魂時候也，撩亂花飛'，晏叔原'紫騮認得舊游蹤，嘶過畫橋東畔路'，秦少游'放花無語對斜暉，此恨誰知'，深得此法。"合理運用虛詞、虛語，的確是寫好詩詞的關鍵。如果處處都是寫實，那就和散文一樣質實了，這不獨結句為然。《蓼園詞選》的評價則是："按一篇主意只是時已過而世少知己耳，說來自娟秀無匹。末二句尤為切摯。花之香，比君子德之芳也，所以撚者以此，所以無語而對斜暉者以此。既無人知，惟自愛自解而已。語意含蓄，清氣遠出。"極為誇讚此詞的結句。當然，這兩句固然佳妙，但既有韋莊在先，則不能稱為獨出機杼。韋莊詞中把自己為何愁恨明白點出，雖然不如秦觀含蓄，但詩詞之道，並不能以此定高下，只能說各有千秋了。

還有人認為這首詞是寫閨怨的，比如《草堂詩餘雋》就說："寫出閨怨，真情俱在，末語迫真。"這樣理解，也不是不可以。西方有句話說："有一千個讀者，就有一千個哈姆雷特。"中國清代詞人、學者譚獻也說："作者之心未必然，讀者之心何必不然。"每個人都可以從文學作品中找到自己需要的東西，這纔是優秀的文學作品魅力之所在。

水龍吟

小樓連苑橫空，下窺繡轂雕鞍驟。
朱簾半捲，單衣初試，清明時候。
破暖輕風，弄晴微雨，欲無還有。
賣花聲過盡，斜陽院落，紅成陣，飛鴛甃。

玉佩丁東別後，悵佳期參差難又。
名繮利鎖，天還知道，和天也瘦。
花下重門，柳邊深巷，不堪回首。
念多情但有，當時皓月，嚮人依舊。

題解

這首詞的各種版本中，都有個題目“贈妓婁東玉”。《花庵詞選》此調下寫得更詳細：“寄營妓婁琬，琬字東玉，詞中藏其姓名與字在焉。”據《苕溪漁隱叢話》引《高齋詩話》記載，秦觀在蔡州的時候，與營妓婁琬交往非常密切，于是寫了這首詞贈送她。首句“小樓連苑”，暗含“婁琬”兩字，“玉佩丁東別後”一句則隱含“東玉”兩字。秦觀於元豐八年（1085）舉進士，後調蔡州教授，五年後纔調入京師供職。如果上述記載大緻可信，則這首詞當作於這五年間。詞的內容主要描述和情人離別後的相思情感，非常深摯動人。

水龍吟（小樓連苑橫空） 詞意圖　蕭惠珠 繪

【句解】

小樓連苑橫空，下窺繡轂雕鞍驟

上闋是從女子的視角展開的。小樓高聳橫空，她從這巍巍高聳的樓上往下望，只見繡車和馬飛快地從樓下走過。“連苑”二字有的本子作“連遠”，但“連苑”更貼切，並且是有所本的，如唐人張籍《節婦吟》詩“妾家高樓連苑起”。“轂”本來指車輪，這裏指代車。“繡轂”就是華貴的車子。“雕鞍”是雕飾的馬鞍，代指馬。據說秦觀拜見蘇軾，蘇軾問他別後有什麼新作，秦觀就念了這首詞。蘇軾認為，這前面十三個字，只說了一個人騎馬樓下過，言外之意是寫得不够精煉。

朱簾半捲，單衣初試，清明時候

樓上朱簾半捲起來，因為天氣比較和暖，正是清明時節，她厚重的衣服都要換下，開始穿單衣了。清明節是在三月份，接近暮春了，而這也正是繁花似錦的時光，別離的情人面對大好春光，免不了要生感慨。

破暖輕風，弄晴微雨，欲無還有

天氣雖然逐漸轉暖，但春天究竟多變，時時的陰雨會帶來涼風，將和暖的空氣吹散。這雨絲時有時無，好像在逗弄晴光，甚至東邊日出西邊雨，讓人琢磨不透。這幾句把晚春變幻莫測的天氣描寫得非常真切細緻，同時又暗喻心情像乍晴乍雨的天氣一樣捉摸不定，把離人的微妙情懷寫得活靈活現。

賣花聲過盡，斜陽院落，紅成陣，飛鴛甃

在這微雨乍晴的多變春日，院落外傳來賣花的聲音。夕陽斜照，落花和微雨共飛，飄灑在院子裏的鴛鴦磚砌成的井臺上，使得整個井臺籠上一片紅色，好不爛漫。“甃”是指磚砌的井壁，這裏指井臺。“賣花聲過盡”的“盡”字渲染絕佳，這女子想買鮮花插鬢，而情人相隔邈遠，古語云“女為悅己者容”，此刻她雖有妝扮之心，又展現給誰來看呢？只能聽著賣花聲逐漸去遠了。女子心情的複雜，盡落紙上。

玉佩丁東別後，悵佳期，參差難又

下闋轉到詞人的視角，也就是男性的視角。“玉佩”是身上的裝飾，這裏指代女子。“玉佩丁東別後”一句裏含“玉”“東”二字，暗指婁東玉，她現在和詞人已經相隔天邊。詞人自從和她離別後，悵惘不已，往日共度的佳期以後恐怕不可能重溫了。“參差”，不整齊的樣子，“佳期參差”就是和

佳期錯過。

名繮利鎖，天還知道，和天也瘦

作者慨嘆自己陷入名繮利鎖之中，導緻遠離所歡，佳期如夢。他由此聯想到上天，認為如果上天也只知道營營於名繮利鎖，上天也會變瘦的。唐代李賀詩："天若有情天亦老。"就是聯想上天也有感情的話會怎樣。秦觀這句顯然受此啓發，但是加進了新的內涵。"天還知道，和天也瘦"這兩句頗受人們推崇，但據說當時的理學家程頤看了這句，却認為是褻瀆上天；這是理學家對文學的隔膜，不足為訓。明代王世貞《弇州山人詞評》則認為這個"瘦"字用得很妙："詞內'人瘦也，比梅花瘦幾分'，又'天還知道，和天也瘦'，'莫道不銷魂，人比黄花瘦'，三'瘦'字俱妙。"

花下重門，柳邊深巷，不堪回首

花下的重門深院，柳邊的深巷，這些是詞人當年和情人相會的地方。現在時過境遷，風景不殊，人生有异，往日的情愛永不可再得，回首思忖，怎能不令人慨嘆？

念多情但有，當時皓月，嚮人依舊。

作者又生發聯想，能記得自己和情人歡會場景的，只有當時的明月了。它現在還正挂在天邊，像當年那樣照著自己。唐代張若虛《春江花月夜》詩："人生代代無窮已，江月年年只相似。"明月的永恒和人生的短暫恰成對比，尤其是青春易逝、歡樂難尋，凡此種種，教人怎能不扼腕長嘆。

評解

這首詞在藝術上很有特色，上下兩闋描寫的是不同場景，以男女兩方的視角來鋪敘，像電影一樣歷歷在目，畫面感很強。上闋從女方的角度來看，寫她坐在樓上，看見心上人騎馬飛馳，越去越遠，從此兩相別離。離別的時候正值剛剛可以穿上單衣的清明時節，而且細雨霏霏，乍有乍無。落紅成陣，飛落井臺。墻外賣花之聲，飄然入耳。此情此景，襯托出離別的無限傷感，可謂情景交融。下闋則從男方的角度著筆，寫和情人離別時的悵惘，以及對自己的不得已追逐名利的悔恨，引"和天也瘦"來作對比，藉"當時皓月"來印證離別之痛，讓人讀來萌生不盡情思。

南鄉子

妙手寫徽真，水翦雙眸點絳唇。
疑是昔年窺宋玉，東鄰，只露墻頭一半身。

往事已酸辛，誰記當年翠黛顰？
盡道有些堪恨處，無情，任是無情也動人。

題解

這是一首題畫詞，為崔徽半身像而作。創作時間約在元祐五年至元祐八年（1090—1093）作者居京期間。

唐代詩人元稹在《崔徽歌並序》裏說，崔徽是河中府的歌妓，和一個臨時到蒲州（今山西永濟）辦公事的官員裴敬中相愛。兩人恩情悃款，相處了數月，裴敬中公事辦完返回，崔徽不能跟從他一起走，悒鬱成疾。有一個叫丘夏的人擅長畫像，崔徽就讓丘夏給自己畫了一幅肖像寄給裴敬中，說："崔徽一旦沒有畫中人漂亮，就會為郎君而死。"不久之後就病重而死。這個故事很悲慘，很多文人都為之慨歎，著名戲曲《西廂記》其實就有這個故事的影子。秦觀對崔徽這個痴情的女子顯然也非常同情，除了這首詞之外，他的《調笑令》十首裏也有一首是詠崔徽的。

南鄉子（妙手寫徽真） 詞意圖 廖松崗 繪

【句解】

妙手寫徽真，水翦雙眸點絳唇

起首一句即點明詞旨，指明這是一首崔徽寫真像的題詞。“水翦雙眸點絳唇”寫像中崔徽的容貌，一翦秋水的雙瞳，塗點得很豔麗的紅唇，十分美麗。據元稹的記載，崔徽寄自己的畫像給裴敬中，顯然她對自己的容貌也是十分自信的。

疑是昔年窺宋玉，東鄰，只露墻頭一半身

這幾句寫崔徽和裴敬中由認識到歡會的過程，原來是崔徽首先看上了裴敬中，愛慕他的英俊，主動表達愛意。這三句藉用了一個典故，據戰國楚宋玉的《登徒子好色賦》，宋玉對楚王吹噓說：“天下美女最多的地方，就是我們楚國；楚國美女最多的地方，就是我們鄉里。而我們鄉里的美女當中，最美貌的一個就是我的東鄰之女。她纖穠得中，修短合度，眉如翠羽，肌如白雪。嫣然一笑，把下蔡和陽城的男子都迷住了。但是她登墻偷看了我三年，想和我相好，我都沒答應她。”在秦觀筆下，崔徽就像那個東鄰美女，裴敬中就像宋玉。秦觀在這裏不但藉典故來渲染崔徽容顏之美，也隱約暗示了她的悲劇。她對愛情的主動追求，對歡會的沉醉，必定會導緻不可自拔。秦觀在《調笑令·崔徽》裏寫道：“一見裴郎心似醉，夜解羅衣與門吏。”她大膽地追求愛情，可是對這愛情必然帶來的悲慘結局却又完全無奈。正像《詩經·衛風·氓》裏所說的：“士之耽兮，猶可說也。女之耽兮，不可說也。”男子對豔遇，可能只有極短時間的熱情，而沉迷於戀情的女子，却視情人為終生寄托。這兩者的矛盾，怎麼會不產生悲劇呢？“只露墻頭一半身”，藉用典故中東鄰女窺墻之事，巧妙地點明這幅寫真是崔徽的半身畫像。

往事已酸辛，誰記當年翠黛顰

畫面上崔徽的形貌，並沒有展露“惑陽城，迷下蔡”的嬌媚之態，而是微微顰眉，心情悒鬱。這其實也是對崔徽悲苦身世的一種概括。雖然她曾有著如此美麗的容顏，而且她的故事是那樣酸辛，但世易時移，知道她故事的人已經很少。當她死去的時候，她身邊的親人或者朋友會為她悲傷，但是當那些為她悲傷的親人朋友也相繼去世後，還有誰會記得，這世上還曾有這麼一個人，她曾生活過、戀愛過、傷心過？崔徽並非什麼偉人，不可能依靠建功立業而青史留名，死者長已矣，如今使後人還記著她昔日事迹的，就只有這麼一幅寫真像了。“誰記當年眉黛顰”一句看似平凡，實則包含了作者無限的人生感傷。

盡道有些堪恨處，無情，任是無情也動人

最後三句筆鋒一轉，直抒自己對畫中人的感想，“盡道有些堪恨處，無情”，是說這幅畫上的崔徽眉目幽怨，惹人哀憐，但看過的人還是認為有些遺憾，因為這究竟只是一幅畫，不是活色生香的美人，既表現不出她的情深不壽，彼此之間也無法情感相通。這語氣可以看出作者的幾分遺憾，也許他希望畫中的美女崔徽變成活人，能真的和自己有所交流吧。

“任是無情也動人”，這句藉用晚唐詩人羅隱《牡丹花》詩中的原句：“若教解語能傾國，任是無情也動人。”羅隱的意思是，如果美麗的牡丹花能够說話，一定會傾城傾國；但是縱使它不能說話，也是很動人的。秦觀的意思顯然也是說，雖然畫中人崔徽不會說話是個極大的遺憾，但是就算如此，她仍然非常動人。《紅樓夢》裏有個場景是薛寶釵求籤，求到的籤語為“豔冠群芳”，批註為“任是無情也動人”。小說藉用這句詩來形容薛寶釵冷美人的特點，她心機深沉，缺乏同情心，不太容易使人真正親近，但即使如此，其美貌仍然足以打動人。

評解

秦觀的詞作，大多擺不脫感傷的基調，這首題畫詞也是如此。全詞句句從圖畫著筆，既有對圖畫本身的描繪，也有對畫中美人身世的同情。在藝術上，此詞善藉用前人典故和成句，表達自己的情感，突出地展現了秦觀博聞強記的才華和隨手拈來無不妥帖的藝術功力，確實算得題畫詞中的佳作，頗富感染力，讓讀者不禁也要為圖畫中的人灑一掬傷心之泪。

虞美人

碧桃天上栽和露，不是凡花數。
亂山深處水縈回，可惜一枝如畫為誰開？

輕寒細雨情何限，不道春難管。
為君沉醉又何妨，只怕酒醒時候斷人腸。

題解

關於這首詞的寫作緣由，據《綠窗新話》記載，秦觀住在京師期間，有一個貴官請客吃飯，中間讓自己的寵姬碧桃出來勸酒。秦觀為了答謝其意，又舉酒反勸她喝。貴官怕碧桃不願意，說：“碧桃向來不善飲酒。”碧桃卻爽快地說：“今天為了秦學士，我何惜一醉。”然後舉大杯痛飲。秦觀很感動，當場填了這首詞送給碧桃。貴官有些吃醋，說：“今後永遠不許碧桃出來陪客喝酒了！”滿座的人都大笑。這是一個優美的故事，但不一定可靠。其實，把此詞理解為一首藉詠花而表達懷才不遇情懷的作品，也是可以的，而且從內容分析，後一種理解或許更為恰當。整首詞寫得清新明快，抒發了作者對碧桃花（或者藉花喻人）的讚美之情。結尾略顯憂傷，是典型的婉約派詞風。

虞美人（碧桃天上栽和露）詞意圖　李也青 繪

【句解】

碧桃天上栽和露，不是凡花數

第一句化用晚唐詩人高蟾的詩《下第後上永崇高侍郎》："天上碧桃和露種，日邊紅杏倚雲栽。"只是調整了一下語序，並把"種"換成"栽"。既然是天上的碧桃，那自然不會和凡間的花一樣。上下句兩相襯托，極力誇讚碧桃之美。"數"，輩，種。"凡花數"即凡間世俗的花這一種類。

亂山深處水縈回，可惜一枝如畫為誰開

嬌美的碧桃却生在亂山的深處，旁邊池水一曲，嬌花照水，令人遐想，同時也令人慨嘆：如此豔麗的花朵，却開在杳無人迹的地方，就算再美，又能期待誰來欣賞呢？李賀詩《高平縣東私路》："侵侵槲葉香，木花滯寒雨。今夕山上秋，永謝無人處。"同樣寫樹木的寂寞，而那只不過是槲葉，不如碧桃這樣嬌豔的花朵之寂寞獨開更讓人痛心。南宋陸游的詞《卜算子·詠梅》："驛外斷橋邊，寂寞開無主。"意境庶幾近之。

輕寒細雨情何限，不道春難管

作者擬想碧桃在早春霏霏細雨中的樣子。"情何限"也就是柔情無限，在細雨中，這嬌美的碧桃像美人一樣含情脉脉，讓人無限愛憐。但是，等到春天一過，花朵凋殘，則猶如美人遲暮，只能徒留懷想了。"不道"，不知；"不道春難管"，意即不知道春天是難以管束的，它由不得惜花人的意志，終究要忽忽而去。

為君沉醉又何妨，只怕酒醒時候斷人腸

嬌花照水之柔媚，讓作者情不自禁發出慨嘆："就算為君沉醉一場又何妨？"言下之意，就是意欲在花下縱酒，一醉方休。但是作者很快又道出了自己的無限擔心："就怕我酒醉醒來，而花已凋殘，惜花心情無處寄托，要使柔腸寸斷了。"轉折處尤顯出詞人的惜花之痴。

評解

自古詞人騷客，多藉賞花惜花來寄托自己的胸懷，從中生發出日月不居、志願未成的浩嘆。秦觀這首詞也是如此，前面六句可以看成作者單純的詠花，也可以看成是作者的藉花自比。作者一生宦途零落，難免有自負才學不為世賞的感慨，就如同嬌美的碧桃，生在深山，空自凋落，無人問津。而青春易逝，大志未成，這對任何一個滿腹經綸的文人來說，都足以惹起無窮的傷心，誠如《草堂詩餘續集》評語所說，“抑揚百感”。全詞描寫，花和人合為一體，末尾兩句則人與花似分似合，有搖曳不盡之意。

江城子

西城楊柳弄春柔，動離憂，泪難收。
猶記多情曾為繫歸舟。
碧野朱橋當日事，人不見，水空流。

韶華不為少年留，恨悠悠，幾時休？
飛絮落花時候一登樓。
便做春江都是泪，流不盡，許多愁。

題解

紹聖元年（1094）三月，秦觀因為黨籍事件被貶為杭州通判，被迫離開京城。這首詞大概就寫於此時。內容寫詞人惜春懷人的情感，纏綿婉轉，動人情思。宋黃升《花庵詞選》調下題為“春別”，但對照詞的內容來看，不盡相合。

江城子（西城楊柳弄春柔） 詞意圖 王夢湖 繪

【句解】

西城楊柳弄春柔，動離憂，泪難收。

楊柳一嚮是春日景物的代表，楊柳枝條修長宛曲，也切合春天帶給人的和柔溫暖的感覺。首句中“弄”字用得很活潑，很擬人化，有一種調皮的意思。周邦彥詠柳的詞《蘭陵王》“柳陰直，烟裏絲絲弄碧”，說柳絲知道自己的可愛，故意晃動著長長的枝條展示著它們的碧色。這首詞中的“弄春柔”用法類似，是說柳枝故意展示著它們象徵春天的柔意。但是越是美麗的景色，越容易惹動人的離愁，折柳贈別本是古代的風俗習慣，看見柳絲而想起離人，因柳條牽惹離愁乃至落泪，也就順理成章了。“西城”，當指北宋汴京城城西，即著名風景區金明池所在地，據宋孟元老《東京夢華錄》，金明池“池之東岸，臨水近墻，皆垂楊”。

猶記多情曾為繫歸舟

詞人因懷人而落泪，因而展開了回憶，想起了當時不忍情人或摯友的離去，曾經為他（她）繫過歸舟。這裏有兩個暗示，一是說明開頭寫的楊柳是在岸邊，可以容舟船停泊；二是說明這個地方是人們送往迎來的地方。既然說“歸舟”，則說明有過“離舟”，沒有“離”便不成“歸”。短短兩句，用語凝練而內涵豐富。

碧野朱橋當日事，人不見，水空流

“野”既然是碧的，則春草萋萋的景色可以想象。當時詞人和摯友或者情人步過朱橋，來到這楊柳依依的岸邊，深情話別。而這一切都已經成為過往烟雲，再也不能重現，人去岸空，只有流水仍舊像當時一樣無聲無息地奔逝。這句雖然是實寫，但也蘊涵了作者的哀怨，就如李商隱寫蟬“五更疏欲斷，一樹碧無情”，以蟬的凄涼和樹的無情相對照。這裏以人的離別和水的無情作比照，是相類似的手法。

韶華不為少年留，恨悠悠，幾時休

下闋轉而感慨韶華的流逝，美景的不再。人在少年的時候，風華正茂，就像風景繁盛的極緻。因此，在作者的感覺中，少年人更有和自然界的繁盛風物惺惺相惜的情感，他們更在意美景的流逝。但美景却也不會因為他們的傷感而停留凋謝的脚步，這就生出了悠悠不絕的遺恨。

飛絮落花時候一登樓。便做春江都是泪，流不盡，許多愁

“登樓”也是詩詞中經常出現的意象，三國時候建安七子之一的王粲寫過一篇《登樓賦》，第一句就是“登茲樓以四望兮，聊暇日以銷憂”，因此後世的文人經常以“登樓”來指代憂愁。飛絮落花這種春逝的景况，更引起了詞人無窮的憂思，他不得不登樓一舒鬱悶，宣泄一下惜春懷人之情。而他的憂愁實在是太多了，即便這春天的悠悠江水都是他眼中的泪水，也流不盡心中的哀愁。這比喻很奇妙，和李煜《虞美人》中“問君能有幾多愁？恰似一江春水嚮東流”有相似之處，但又有自己的新意。李煜直接把愁比作江水，而秦觀是把江水比作眼泪，心中的愁怨化作眼泪釋放出來，而即使眼泪如這浩浩的江水，也不能完全消解憂愁。加了一個“泪”的意象，就使這首詞顯得更加婉約纏綿。

評解

這首詞有著典型的秦觀詞作的風格，婉麗纏綿，把一番離思春恨寫得如泣如訴，如怨如慕，字字凝泪，句句含情，展示了作者真摯多情的天性。在藝術上，結句比喻妙絕，明代楊慎曾評價說：“此結語從坡公結語轉出，更進一步。”蘇東坡的《江城子·别徐州》“欲寄相思千點泪，流不到，楚江東”，把眼泪比作流水，這種思路可能確實對秦觀有所啓發。秦觀的詞乃是在綜合李煜和蘇軾詞的意象的基礎上，又翻出新意，展示了他作為一個詞人的非凡感受力和想象力。

望海潮

梅英疏淡，冰澌溶泄，東風暗換年華。
金谷俊游，銅駝巷陌，新晴細履平沙。
長記誤隨車，正絮翻蝶舞，芳思交加。
柳下桃蹊，亂分春色到人家。

西園夜飲鳴笳，有華燈礙月，飛蓋妨花。
蘭苑未空，行人漸老，重來是事堪嗟。
烟暝酒旗斜，但倚樓極目，時見栖鴉。
無奈歸心，暗隨流水到天涯。

題解

這首詞有些版本題爲“洛陽懷古”，因爲詞中的“金谷”、“銅駝”都是魏晉時代洛陽的風物，認爲詞寫的是作者遊覽洛陽時的感想，既有對洛陽風景的描寫，也有對自己汴京生活的追憶，抒發了作者懷念家鄉的心情。也有學者認爲，這是秦觀即將離開汴京時的作品，並非在洛陽所作。作者因爲哲宗親政、新党重新執政而舊党下臺，於紹聖元年（1094）三月被貶離京。詞中提及洛陽風物，僅僅是用典故而已。仔細分析詞意，後一種看法應該比較可靠。

望海潮（梅英疏淡） 詞意圖　于守義 繪

【句解】

梅英疏淡，冰澌溶洩，東風暗換年華

這是早春風景：梅花已經開殘，漸漸稀疏慘澹，河面上的冰也開始融解，和煦的東風吹拂大地。時節就在這春風的吹拂中暗暗變換，冬天悄悄逝去，春天暗暗來到。起句寫景如此，和結句的灰心形成鮮明對比。“梅英”，即梅花；“冰澌”，流冰。

金谷俊游，銅駝巷陌，新晴細履平沙

“金谷”指金谷園，是西晉時富豪石崇的私家花園，原址位於今河南洛陽市東北；“銅駝”指銅駝街，位於漢代洛陽皇宮的前面，以繁華而著稱，當時民諺說“銅駝陌上集少年”。作者提到這兩個地名，似乎是在懷古，但在本詞中，金谷園、銅駝巷陌只是用來藉喻汴京城的金明池、瓊林苑等名勝，那是作者往昔經常游樂的地方。“新晴細履平沙”是作者懷念當年的游樂場景，正是新晴的天氣，踏著細細的平沙，在汴京城的池苑游玩，不知有多麼快樂。“俊游”，指游覽名勝。

長記誤隨車，正絮翻蝶舞，芳思交加

“誤隨車”是一個典故，韓愈的詩《游城南十六首·嘲少年》“直把春償酒，都將命乞花。只知閑信馬，不覺誤隨車”，嘲諷唐代京城少年故意跟隨陌生女子所乘車子的行為。詞人藉用這個典故，回憶自己當年在汴京城游玩的情景。當時汴京春游風氣很濃，仕女傾城而出，車水馬龍，免不了出現誤隨美人車的情況。作者的用意顯然不是想說誤隨車的尷尬，而是藉此透露出當時游春的繁盛，更好地渲染出自己對那時歡樂的懷戀之情。柳絮翻飛，蝴蝶輕舞，都是春天典型的場景，而這一切逗引得詞人心裏充滿了錯綜複雜的情思，充滿沐浴在美好春光中的歡樂。

柳下桃蹊，亂分春色到人家

柳枝和桃花，意味著春意正濃。“蹊”，小徑。沿著桃柳下的小徑，可以看見很多房屋。唐代王涯《游春詞》“經過柳陌與桃蹊”，這句詞當由此化來。那時春光瀰漫著整個汴京，每户人家都分到了春天佳麗的景色。一個“亂”字和“分”字，將春色的浩瀚無垠和作者歡快的心情表達得淋漓盡緻，所以清代陳廷焯《白雨齋詞話》評論道：“少游詞最深厚，最沉著，如‘柳下桃蹊，亂分春色到人家’，思路幽絕，其妙令人不能思議。”同時，這也是對前面所寫梅花疎淡景象的呼應，明李攀龍《草堂詩餘雋》卷四眉批："藉桃花綴梅花，風光百媚。停杯騁望，有無限歸思隱約言先。"

西園夜飲鳴笳，有華燈礙月，飛蓋妨花

"西園"幾句化用曹植《公宴》詩："清夜游西園，飛蓋相追隨。明月澄清景，列宿正參差。"《公宴》寫的是曹植當時和建安七子在鄴城（今河南臨漳）西園飲宴作詩的場景；洛陽也有西園。但這裏的"西園"指的是駙馬都尉王詵家的花園，宋人李伯時繪有《西園雅集圖》，記載當時有名的文人在西園游樂的盛事，其中就有蘇軾、黄庭堅、秦觀等人。詞人在這裏既是藉用曹植的詩意，同時也融入了自己的親身經歷，抒發對美好往事的懷念。那時正是夜晚，有鳴笳伴奏，明亮的燈籠照亮夜空，月亮也為之遜色；車輛在園中飛馳，不知有多少花枝遭到挂損。這些描寫都是極力渲染當時夜游的盛況，栩栩如在眼前。"笳"，一種管樂器。"蓋"，古代車上像傘一樣撑開的篷子，這裏代指車輛。

蘭苑未空，行人漸老，重來是事堪嗟

"蘭苑"是對園林的美稱，這裏代指西園。往昔車水馬龍的園林，現在已經變得荒凉，當時游園的人也逐漸變老。舊地重游，徒有對往事的感慨和嘆息了。"是事"，即事事、凡事。這幾句抒發"物是人非事事休"的悲凉，非常沉痛。

烟暝酒旗斜，但倚樓極目，時見栖鴉。無奈歸心，暗隨流水到天涯

這幾句仍是和以前的西園雅集相對比。當時俊采星馳，高朋滿座，濟濟一堂；如今只有自己孤獨地在酒樓上縱目四望，烟暝酒旗，暮色四合，往日的繁華如夢，只能見到一些烏鴉在樹枝上栖息。景色的對比，反映出作者心境的變化，他被貶即將離京，眼前的景色也難免都是這麼荒凉蕭瑟的了。通過前面的一系列渲染，可以看出作者對往日生活是何等追憶，對前途是何等悲觀，在這樣的心境下，產生歸心，是順理成章的事。

評解

這首詞主要是寫懷舊之情，通過懷舊來表達對當前生活的悲觀。作者先馳騁筆墨，極寫往日飲宴游園生活的愜意，和當前的蕭瑟失意形成鮮明對比。本詞在遣詞方面很有特色，往日的"東風""俊游""飛蓋""絮翻蝶

舞”和當前的“烟暝”“栖鴉”“漸老”“倚樓”，對比鮮明，很好襯托了心情的變幻，産生了很強的感染力，所以明李攀龍《草堂詩餘雋》評此詞説，上述景象“一寓目盡是旅客增怨，安得不歸思如流耶？”

千秋歲

水邊沙外，城郭春寒退。
花影亂，鶯聲碎。
飄零疏酒盞，離別寬衣帶。
人不見，碧雲暮合空相對。

憶昔西池會，鵷鷺同飛蓋。
攜手處，今誰在？
日邊清夢斷，鏡裏朱顏改。
春去也，飛紅萬點愁如海。

題解

此詞寫作時間、地點，一向有不同說法。一種認爲是貶謫郴州途中作於衡陽，但是此詞寫的是春景，秦觀到達郴州的時間是紹聖三年（1096）的歲末，那麽經過衡陽時應當爲秋天。另一種說法，據宋曾敏行《獨醒雜志》，秦觀被貶謫藤州，心裏很不快樂，路過衡陽的時候，衡陽知府孔毅甫盛情款待他。一天，他們在郡齋喝酒，秦觀作了這首《千秋歲》詞，孔毅甫讀到

千秋歲（水邊沙外） 詞意圖　王興華 繪

"鏡裏朱顔改"這句，大為驚訝，問道："少游，你正當盛年，為何作此悲語？"於是步其韻和了一首以慰解。秦觀住了幾天，告別孔毅甫，孔毅甫把他送到郊外，又百般勸解，歸來後對親近的人說："少游氣貌，和平時大不一樣，恐怕不久於世。"不久，秦觀果然就去世了。這段記載很生動，由此事與秦觀之死相聯繫推測，所謂"謫古藤"實指秦觀由雷州貶所放歸，途中卒於藤州，但秦觀由雷州出發是在元符三年（1100）七月，八月至藤州，時間亦不合。另一種說法比較可靠，這首詞應該是秦觀被貶謫處州時所作，時間是紹聖二年（1095）春天。因詞中有"花影亂，鶯聲碎"之句，後人慕之，建"鶯花亭"以紀念，如陸游詩："沙上春風柳十圍，綠蔭依舊語黄鸝。故應留與行人恨，不見秦郎半醉時。"

此詞抒發作者春日的離情别恨，以及對昔時盛會的無比懷念之情，是一首十分感人的佳作。詞的意境悲愴，有别於秦觀一貫的柔美婉曲詞風，有人便認為這是他的詞讖。

【句解】

水邊沙外，城郭春寒退。花影亂，鶯聲碎

"水邊沙外"，點明地點；"城郭春寒退"，説明是春天逐漸回暖的時節。"花影亂"，説明春花非常繁盛，春意已非常濃厚了。這個"亂"字用得非常好，白居易詩裏面曾說"亂花漸欲迷人眼"，只有春花非常繁盛，纔會産生這種讓人目不暇給的繚亂之感；另一方面，這個"亂"字又雙關暗示作者心情之亂。"鶯聲碎"的"碎"字也非常傳神，説明鶯聲處處，清脆盈耳；同時，這個"碎"字也象徵著作者迷亂而破碎的心靈。這兩句將春天草長鶯飛的盛況描寫得栩栩如生，同時又暗示著與這繁華春景不甚相合的作者的煩亂心緒。

飄零疎酒盞，離别寬衣帶。人不見，碧雲暮合空相對

作者被貶謫遠方，身世飄零，不再有飲酒看花的興緻，疎遠了酒盞；而且自從離别後，一個人孤獨地過日子，心情悒鬱，懨懨瘦損，衣帶都因此變得寬鬆了。這句化自《古詩十九首》："相去日以遠，衣帶日以緩。""人不見"表明詞人在等待著什麽人，但是這個人遲遲不來，只剩下詞人和碧雲暮色空自相對。這兩句也來自前人的詩，南朝江淹《擬休上人怨别》："日暮

碧雲合，佳人殊未來。”本詞化用江淹詩句，然而等待的“佳人”到底是什麼人，却很難說得分明。由這幾句也可以看出，作者善於化用前人詩句，而又不露斧鑿痕迹。

憶昔西池會，鵷鷺同飛蓋。攜手處，今誰在

與上闋描寫眼前處境形成鮮明對比的是，下闋開始回溯往事。“西池會”是對往日在西池宴集的回憶。所謂“西池”，即金明池，是汴京城西很有名的池子，當時王公大臣們都喜歡在那裏游玩集會，元祐七年（1092）的上巳節（三月初三），宋哲宗下詔賜給館閣官員花酒，秦觀在被賜之列。不久館閣官員們趁三月中浣日（中旬的休假日）游金明池、瓊林苑，又會於國夫人園，與會者共有二十六人，秦觀也在其中。在這裏，詞人懷念起那次佳會的盛况，感慨不已，可見西池之會在他心中留下了何等難以磨滅的印象，他為此而得意，在作品中不止一次提及。“鵷鷺同飛蓋”是寫同行者排列游園的盛況。“鵷鷺”代指朝廷百官，據《隋書・音樂志》：“懷黄綰白，鵷鷺成行。”意思是朝官的行列如飛行的鵷鳥、鷺鳥隊列那樣整齊有序。“飛蓋”形容車輛行駛疾速，語出曹植《公宴詩》：“清夜游西園，飛蓋相追隨。”如此盛大的場景已成夢幻烟雲，當年那些攜手同游的同事大部分被貶謫到了遠方，所謂勝地不常，盛筵難再。“今誰在”三個字，寫出了作者心中無限懷舊的淒愴。

日邊清夢斷，鏡裏朱顔改。春去也，飛紅萬點愁如海

古人常用“日”來比喻皇帝，“日邊”就是在皇帝身邊，也就是在朝中為官的意思。詞人對將他貶謫遠方的宋哲宗曾經抱著很大的希望，認為皇帝有可能召他回京，官複原職。他開始還滿懷希望，但是日久天長，漸漸朱顔變換，人都老了，回京的美夢逐漸斷絕。用政治前途和生理年齡的衰老的交替敘述來反複抒發自己不得志的主題，可謂一唱三嘆。最後兩句是整首詞的高潮，“春去也”感嘆春天的消逝，但像是散文句式。“也”是感嘆詞，相當於現在語體文的“啊”。在詞中突然出現這麼一句散體感嘆句，顯得非常突兀，從感情發抒的角度來看，效果非常強烈。“飛紅萬點愁如海”，春花凋零，到處飄灑，減却了春光，導緻詞人產生了如海一般的悲愁。春歸難覓，時節更替，固然能引起詞人的悲愁，但導緻如海的愁怨的，肯定還有别的原因，尋繹起來，自然是作者胸中漫溢的被貶謫的愁怨了。把悲愁比作浩瀚無垠的大海，非常清新，道前人所未道。

評解

這首詞是秦觀的名作，上闋寫當時場景，通過春光的明媚抒發離人之思；下闋回憶往昔在京城的盛況，昔日的美好都已風流雲散，今非昔比，怎不讓人腸斷。詞表面寫惜春之情，實際上也是感嘆被貶謫之痛和身世之悲，最後以“愁如海”作結，纏綿悱惻，催人泪下，不愧為一篇享譽千古的名作。據說這首詞在當時就廣為傳誦，有人聽到後慨嘆說：“秦七必不久於世，豈有‘愁如海’而可存乎？”其實這並不是什麼詞讖，詞人長期處於那種顛沛流離的生活和精神痛苦中，焉能長壽？

好事近

夢中作

春路雨添花，花動一山春色。
行到小溪深處，有黃鸝千百。

飛雲當面化龍蛇，夭矯轉空碧。
醉卧古藤陰下，了不知南北。

題解

這首詞是寫夢境的，或者是作者在夢中所寫，醒後記錄下來的。內容比較奇麗，不是婉約派通常所寫的離愁別恨之類。

關於這首詞的創作背景，在一些筆記中說得頗爲奇特。秦觀在紹聖元年（1094）因爲舊黨身份，貶處州酒稅監，三年又貶郴州。據宋代惠洪《冷齋夜話》記載，秦觀在處州曾於夢中作有一首長短句，那麽，這首詞很可能作於紹聖二年（1095）的春天。徽宗即位，秦觀官復原職，被詔書從郴州召

好事近（春路雨添花） 詞意圖　王興華 繪

回，北行走到藤州光華亭，和客人說起這首夢中作的長短句，突然口渴，要求飲水，等別人把水拿來，他却看著水一笑而逝。這首詞很有些名氣，黃庭堅曾經寫了一首詩作為該詞的跋："少游醉卧古藤下，誰與愁眉唱一盃？解道江南腸斷句，只今惟有賀方回。"把他和另一位擅長寫悲情的詞人賀鑄相比，嘆惜今後再也看不到他作的詞了，對他的死表示萬分悲痛。蘇東坡的跋裏也記載說，有個叫莫沔的人在湖南做官，喜歡和被貶謫的官員們交往，對秦觀的事也很了解，莫沔曾經對蘇軾吟誦秦觀這首詞，吟到傷心處，痛哭流涕。按這些逸事所說，這首詞大概也算秦觀的詞讖。

【句解】

春路雨添花，花動一山春色

起首兩句寫風景，春雨促進了春花的生長，而春花活潑生動，使得整座山都充滿了旖旎明媚的春光。從一個"春"字落筆，把春路、春雨、春花、春色都描摹了出來，可謂大家手筆。"花動一山春色"的"動"字用得尤其好，可謂著一"動"字，境界全出，往常靜謐的山峰，好像在繁花的生長聲中甦醒過來，生機勃勃，春天也仿佛因此而具有了靈性。

行到小溪深處，有黃鸝千百

沿著春路旁邊的小溪行走，漸漸走到了小溪的深處，突然眼前像仙境一樣，有千百隻黃鸝從山林的深處飛了出來。可能這些黃鸝本來是安靜地棲息在樹枝上的，突然被人聲打擾，成群地驚飛而出，這種千百隻黃鸝突然翻飛的絢麗場景，當然是一個奇觀。這四句集中寫作者探幽攬勝的情形，在一片迷蒙的春雨霧中，滿山遍野都是爛漫的山花，空氣中充盈著水霧的濕氣和林木的清香。山道上也滿眼是綠的和紅的，青草叢生，像軟綿綿的地毯一般。縹碧的溪水沿著山脚曲折潺潺地深入山腹。行人頭頂上也是林木蔥蘢，鳥聲嚶嚶，一切都宛如童話世界。詞的上闋極力渲染美景，都是為了下闋的抒情作鋪墊，這使讀者很期待，看看在下闋中作者想表達什麼。

飛雲當面化龍蛇，夭矯轉空碧

下闋的首兩句仍然寫景，不過景色由地面轉嚮了天空，只見流動的雲彩像龍蛇一樣曲折飛舞，變幻莫測，而碧空則如水洗過一樣，略無瑕疵。"夭矯"，形容龍蛇盤曲伸展之態。這景色和上闋毫無聯繫，顯然可以看成是夢境的場景變幻。上闋寫的是春雨中的山中風景，而下雨的時候，天空不可能還是碧色的。只有在夢中，這一切奇异的變化纔可能發生。作者潛意識中最喜歡什麼，可以在夢中很輕鬆地實現。

這兩句寫景的風格也不同於上闋，由清新絢麗一變而為剛健奔放，毫無柔靡之氣，和秦觀一嚮擅長的婉約詞風大相徑庭，使清人陸雲龍和陳廷焯都嘆為觀止，稱為“奇峭”“筆勢飛舞”。這是否意味著作者隱隱感覺到自己將要離開人世，從而心情突然灑脫，對人世間的一切塵濁已經不再計較，寧願徹底營造一個自己夢中的理想世界呢？

醉卧古藤陰下，了不知南北

在夢中的理想世界裏，作者乾脆躺在古藤的濃蔭下，暢快地大睡，完全不去管東西南北是何方，非常超脱，有點像先秦時代的哲人莊子，人世間的紛紛擾擾不再營營於心中。但作者寫這首詞時，正處在被貶謫的途中，心中一定極為苦悶，在夢中可以灑脫，醒來之後恐怕會更加痛苦。但不管如何，這個夢中的場景一定給作者留下了深刻印象，所以在他得到放還的准許，動身回京官複原職之時，又回到藤州，再一次和人說起了當年做的這個瑰麗的夢，以及那些奇麗的詞句。

評解

因為這首詞和秦觀的死密切相關，一嚮非常有名，所以也纔會有題解中講到的那些故事。不管那些記載是不是真實，但秦觀這首詞的風格迥异於他的其他作品，是很顯然的。後世有人評價秦觀這首詞“如鬼如仙”（《古今詞統》），其所寫內容雖然如同仙境，但意象過於乾净、過於幽絕，到底顯得有些缺乏生氣、活力。自古才人的死，總是讓人嘆息，後人提起秦觀，就提起這首詞，就為之慨嘆，不是沒有原因的。

這首詞押入聲韻，在秦觀的詞中也僅一見。入聲韻短促，常常表現一種激烈的情感，而這首詞的內容看起來並不激烈；也許這並不激烈的詞句表面之下，正蘊涵著作者久蟄而不安分的靈魂。

臨江仙

千里瀟湘挼藍浦，蘭橈昔日曾經。
月高風定露華清。
微波澄不動，冷浸一天星。

獨倚危檣情悄悄，遙聞妃瑟泠泠。
新聲含盡古今情。
曲終人不見，江上數峰青。

題解

這首詞大約寫於宋哲宗紹聖三年（1096）。當時，秦觀從處州被貶往郴州，走的是水路，船經過瀟湘時，心生感慨，作了這首詞，主要描寫夜間湘江的風景以及自己當時的心情。詞意清冷空靈，給人一種身臨其境之感。

臨江仙（千里瀟湘挼藍浦） 詞意圖 張純桂 繪

【句解】

千里瀟湘挼藍浦，蘭橈昔日曾經。

“千里”極言湘水之長。“挼藍”二字形容水的顏色碧藍。“藍”即藍草，可提取青藍色染料，古人常常挼取藍草用以染青藍色，稱為“挼藍”，又稱“揉藍”；詩詞裏則常用“挼藍”來形容水的顏色，比如黃庭堅《訴衷情》詞：“山潑黛，水挼藍。”“蘭橈”，即蘭舟、蘭棹，是對小船的美稱；“橈”原指船槳，這裏代指船。《楚辭・九歌・湘君》：“桂棹兮蘭枻，斫冰兮積雪。”戰國時屈原曾經流放湘水一帶，也曾乘舟經過此地。詞人寫的“蘭橈”就代指屈原乘坐過的舟船。這兩句說湘江千里，水色碧藍，而它曾經是屈原乘蘭舟經過的地方。詞人觸景懷古，想起了志行高潔的屈原也和自己一樣遭到貶斥，而且被貶逐前往的地方也差不多。想起一千多年前的同命人，不由得生出比附之心，由此可見詞人心中的冤屈和對高潔志行的嚮往。

月高風定露華清。微波澄不動，冷浸一天星

湘江夜色，月亮高高懸在天空，風定浪靜，清露在空氣中凝結，似乎從天而降。“露華”指露水，比如李白《清平調》：“春風拂檻露華濃。”這時江面上水波不興，澄江净如練，滿天的星斗倒映在江面上，像被清冷寒冽的江水浸漬了一般。景色很美，詞人的描寫也很有想象力，寥寥十幾個字，把當時江面上寂寥幽冷的場景描繪得歷歷在目，讓讀者也仿佛感到絲絲寒意，其遣詞造句達到了神妙的地步。這種景色可能是實景，但也與詞人的心境合拍，他一腔熱血却被貶逐到天涯，心中的悲涼可以想見，眼前冷寂的湘江和他冷寂的心靈似乎存在某種默契。

獨倚危檣情悄悄，遙聞妃瑟泠泠

詞人把舟停在瀟湘浦口，獨自倚著高高的檣櫓，心中憂思翻滚，不能自已。“悄悄”，憂愁的樣子，語出《詩經・邶風・柏舟》：“憂心悄悄，慍於群小。”他正沉浸在憂思中不能自拔的時候，突然耳邊傳來縹緲的瑟聲，嫋嫋不絕，若有若無，在這清冷的湘江之上，這瑟聲也挾帶著泠泠的寒意。“泠泠”這個疊詞既形容清冷，也形容清脆的聲音，在這裏兩個意思兼而有之。之所以說“妃瑟”，也是用了一個典故。相傳上古時候舜帝南巡，死在瀟湘一帶，他的兩位妻子娥皇、女英為之悲啼，泪痕點點，灑在湘竹之上，據說她們擅長鼓瑟，死後就成了湘水之神，稱為“湘靈”。“湘靈鼓瑟”是古典詩詞中常用的意象，詞人在這裏描寫聽到了瑟聲，可能實有其事，但也可能只是一種聯想，是用虛構的手法表達自己的一種悲愁情緒。瀟湘之地既是當年舜帝二妃的傷心地，也是詞人的傷心地，雖然他們的悲哀各不相同，又相隔數千載，却通過這個共同的傷心之地而緊密聯繫起來。

新聲含盡古今情。曲終人不見，江上數峰青

“新聲”是指作者遥聞到的瑟聲，它似乎包含了當年舜帝二妃和如今詞人自己落寞悲凉的情感。最後兩句“曲終人不見，江上數峰青”用的是唐代詩人錢起《省試湘靈鼓瑟》詩中現成的句子，錢起的原詩是幻想聽見湘靈鼓瑟的場景，前面極力渲染湘靈瑟聲的清泠美妙，最後以“曲終人不見，江上數峰青”作結，顯得惝恍迷離，餘味無窮，把只聞其聲、不見其人的低徊惆悵之感抒發得淋漓盡緻。秦觀在此既藉用了錢起的成句，也藉用了錢起詩中的意境，並且這兩句用在這首詞中，無論是聲韻還是意境都十分吻合，渾然天成，好像就是他自己的創造。

評解

這首詞清空騷雅，又帶著一股寒冷之氣，在秦觀詞中別具一格。詞人從駐舟湘水之浦生發想象，把自己遭貶的愁苦與屈原、湘靈的不幸遭遇聯繫起來，感情凄苦而不卑弱。在藝術上寫景如畫，很好地傳達了湘江之上的夜色，那寂寥幽清的場景如在眼前，搬用前人成句也宛如自創，實在是大家手筆。

前人對此詞評價很高，而且有個小故事。據宋代吳炯《五總志》記載，當時潭州知府在合江亭宴請客人，命令歌妓都唱《臨江仙》詞，有一個歌妓獨獨唱了兩句“微波澄不動，冷浸一天星”。當時在座的有一個叫張才叔的客人大為稱善，於是問歌妓這首詞的全篇，歌妓說：“昨夜居於商人船中，鄰船有個男子倚檣而歌，聲調凄怨。但我苦乏性靈，只記住了這麼兩句。如果有兩個姐妹跟我同去，就能記全了。”太守答應了她的要求。至夜，幾個歌妓果然聽見一個男子三嘆而歌。她們中間有個叫趙瓊的，曾經見過秦觀，不禁墮泪道：“這是秦七的聲音啊。”當時秦觀已亡，派人去一問，鄰船果然就是秦觀的靈舟。這個故事當然不可信，但由此可見這首詞的藝術魅力。

减字木蘭花

天涯舊恨，獨自凄涼人不問。
欲見回腸，斷盡金爐小篆香。

黛蛾長斂，任是春風吹不展。
困倚危樓，過盡飛鴻字字愁。

題解

這首詞大約作於紹聖三年（1096），作者當時正遭貶湖南。詞中借閨怨抒發遠離京城後的思家之情和飄泊天涯之恨，語句真摯，頗爲感人。

减字木蘭花（天涯舊恨） 詞意圖　蕭惠珠 繪

【句解】

天涯舊恨，獨自凄涼人不問

既然是“舊恨”，可知這位閨中女子積怨已久，她的丈夫離開她起碼也經年了。至於為什麼離開，去哪了，作者沒有交代。古時候交通、通訊不發達，心上人一旦遠游，就别想那麼容易知道音訊。游子久不歸，讓獨守空房的思婦極為痛苦，所以有很多類似這樣的詩：“早知潮有信，嫁與弄潮兒。”“不如桃李，猶解嫁東風。”凡是有規律的自然現象都會讓怨婦們產生聯想，潮水是有規律來回的，東風也是每年春天必至的。她們哀嘆自己的命運還不如桃李，桃李一年中還至少能得到一次東風的垂憐眷顧，她們有什麼呢?

欲見回腸，斷盡金爐小篆香

思婦心中的思念，腸一日而九回，百轉千折，像那種曲裏拐彎的盤香一樣。“篆”的本義是曲而連環的花紋，所以那種曲裏拐彎形狀的書體稱為“篆書”，回環紆曲的盤香就稱為小篆香。以盤香比喻愁腸不算什麼新發明，但是秦觀把思念的回腸比喻成正在燃燒而寸寸成灰的盤香，還是有出奇的地方，較形象地渲染了這個怨婦對離人的渴盼。“斷”的是香，也是思腸，其思念之深，已經到了柔腸寸斷的地步。

黛蛾長斂，任是春風吹不展

詞句中有“春風”二字，但是從後面兩句看，這首詞中怨婦懷人的背景却不是春天。“任是”兩個字也點明了僅僅是虛擬，也就是說，即便是春風也不能化解這位思婦的愁怨。春天是情思勃發的季節，而對怨婦來說，愈是春風，愈不可能吹開她的眉彎。“黛”，青黑色顏料，古代用以畫眉。“蛾”，即蛾眉，蠶蛾觸鬚細長而彎曲，藉以形容女子的眉毛。

困倚危樓，過盡飛鴻字字愁

這兩句點明季節是在秋天。“危樓”，即高樓。有高樓可上，有闌干可倚，可見怨婦是在一個富貴人家。她望著頭頂，頭頂上大雁一會兒排成“人”字、一會兒排成“一”字地飛過，却沒有給她帶來心上人的音信。和潮水、春風一樣，大雁也是按照季節行動的，它們冬南夏北，具有很強的規律性。這種有規律的來回，使古人認為它們足堪擔當信使的重任。古書上也有大雁送信的記載，《漢書》裏就說漢朝得到被匈奴俘獲的漢人綁在雁足上的書信。總之，在別人看來，能送信的大雁是個喜訊，而對於思婦來說，本來應該傳書遞簡的大雁，却並沒有送來書信，所以這些雁字帶給她的，只是更多的愁悶。

評解

從內容上來說，這首詞並沒有太多新意，但音律鏗鏘悅耳，每兩句一換韻，顯得音節緊湊。情緒亦如山中澗流，雖然百折千回，却飽滿充沛，勢不可擋，急流直下，有一種激情噴涌的暢快淋漓之感。這可能得益於《減字木蘭花》這個詞牌的特色。詩詞急遽換韻，會讓人產生急切不安分的感覺，唐代詩人李賀很多詩就有這種特點。如果換成別的不換韻的詞牌，也許這首詞的價值會大大降低。有的學者認為，《減字木蘭花》全篇四韻，每韻均為一個四字句、一個七字句，這種形式比較呆板，容易造成各句之間不相聯屬的斷片結構。但從秦觀這首詞來看，並沒有這種呆板之病，反而產生了一種急雨驟風般情感宣泄的效果，這應該歸功於作者出色的藝術才華和高明的技巧。

如夢令

遙夜沉沉如水，風緊驛亭深閉。
夢破鼠窺燈，霜送曉寒侵被。
無寐，無寐，門外馬嘶人起。

題解

這首詞寫驛館的寒冷和詞人自身的淒涼情景。從內容推測，大概作於宋哲宗紹聖三年（1096）的冬天。作者從處州再貶郴州，在旅途的驛館中有所感觸而作，和《踏莎行》（霧失樓臺）等詞創作於同一時期。

如夢令（遥夜沉沉如水） 詞意圖 成秉羿 繪

【句解】

遙夜沉沉如水，風緊驛亭深閉

“遙夜”，漫長的夜晚；“沉沉”，深沉的樣子。《詞綜》等本子中，“沉沉”作“月明”，但不如“沉沉”有韻味，而且和下句銜接不上。冬日的夜晚，既有大風，多半不會有明月在天。

感覺夜晚漫長，都是人心情不好失眠的時候，可以想見詞人此刻的心情。漫長的夜晚像水一樣深沉，極言夜色之深，而詞人却輾轉不寐。“驛亭”，古代設於官道旁的館捨，是供傳送公文的差役和因公事過往的官員們歇宿的地方。在這失眠的夜晚，詞人歇宿在驛亭中，聽見風聲凄緊，野外驛亭關緊了門户，却仍隔不斷凄風的呼嘯。驛亭之荒凉，身世之顛沛，通過這兩句已和盤托出。

夢破鼠窺燈，霜送曉寒侵被。

在輾轉很久後，詞人終於睡著了。但是剛一入夢，又被老鼠細碎的聲音驚醒。這老鼠驚惶地窺視著燈盞，一個“窺”字，把老鼠鬼鬼祟祟的樣子寫得非常傳神。老鼠為什麼要窺燈？因為當時點的多是油燈，驛亭的老鼠饑餓，想趁人睡著，偷燈盞裏的油吃。寫驛亭的老鼠，同時也是在暗示讀者，這個驛亭的房間設備非常簡陋，更容易增加旅人的愁思。接下來寫驛亭清晨的寒冷，屋外的嚴霜把寒氣一刻不停地往屋裏送，侵入了被子。“送”“侵”兩個字，都是煉字的典范。霜是沒有生命的，但一個“送”字，似乎像是有誰在故意運送寒氣；寒氣也是沒有生命的，但一個“侵”字，仿佛它是執意要侵入人的被子。這都是擬人化的描寫。

無寐，無寐，門外馬嘶人起。

有老鼠驚擾、有寒氣襲人的遙夜，再加上心情抑鬱，作者要睡個好覺顯然是不可能的，但旅途的疲憊該怎麼消解呢？一連說了兩個“無寐”，表明了無奈悲苦之情，雖然這種重疊是詞牌的特點使然，但又何嘗不可以視為作者挑選詞牌的苦心呢？“門外馬嘶人起”，表面上寫的是驛站清晨人叫馬歡的情景，實際上也透露出作者的無奈，即使沒睡好，他也不得不開始新一天的征途了，而這前途並非光明。

評解

秦觀的詞一嚮以哀婉見長，這首小令也不例外。短短三十三個字，把旅途的孤獨淒清、驛亭的寒冷蕭瑟描寫得讓人讀來如臨其境。詞裏沒有一句涉及作者本人的心情，但作者通過對環境、情景的描寫，已經傳達出內心的感受。風吹驛亭是耳聞，老鼠窺燈是目見，寒氣侵被是身受，層層疊加，氣氛頓出，可謂別具特色。

阮郎歸

湘天風雨破寒初，深沉庭院虛。
麗譙吹罷小單于，迢迢清夜徂。

鄉夢斷，旅魂孤，崢嶸歲又除。
衡陽猶有雁傳書，郴陽和雁無。

題解

《阮郎歸》這個詞牌，又名《醉桃源》、《碧桃春》，其名來源於古代神仙故事，適合寫淒苦的情感。

這首詞《花庵詞選》題爲“旅況”，大約寫於秦觀被貶郴州之時，時間是在宋哲宗紹聖三年年末（1097年初）。郴州在今天湖南省的南部，比較偏僻，作者在郴州，和親朋好友許久都不能互通音問，非常苦悶，加上貶謫的痛苦又時時縈繞心中，夜不能寐。詞的內容是寫作者除夕之夜的心情，雖然時值佳節喜慶之日，而作者心中殊無半點歡愉，反而充滿時節如流、人生苦短的悲歎。

阮郎歸（湘天風雨破寒初）詞意圖　廖松崗 繪

【句解】

湘天風雨破寒初，深沉庭院虛

在風雨交加之中，身處逆境的詞人迎來了除夕。這個時刻，家家都在歡慶新年的到來，而詞人却困居在郴州貶所，煢煢孑立，百無聊賴。除夕到來，意味著又一年的春天開始了，第一場春雨似乎破除了一些嚴寒之气，但是他所住的庭院中，又深又靜，空空蕩蕩的，沒有人跡，可以說一點人間的喜慶氣息都找不到。這場景有力地襯托了詩人的淒涼心境。

麗譙吹罷小單于，迢迢清夜徂

而在庭院之外，場景又如何呢？麗譙上吹來斷斷續續的角聲，如怨如慕，如泣如訴，愈加襯出長夜的淒苦。“麗譙”，出自《莊子·徐無鬼》，本來指高樓，後來指譙樓，即城門上的更鼓樓，這裏是指郴州的譙樓。“小單于”，唐代有名的大角曲名，很多詩人都提到過，比如李益的《聽曉角》：“無數塞鴻飛不度，秋風捲入小單于。”這裏秦觀是藉用來指郴州城樓上傳來的晝角聲，並不一定是真正聽到城樓上在吹奏《小單于》。當然，不管什麼樣的晝角聲，在詞人聽來都一樣令人哀傷，漫漫長夜，他要獨自度過。歡娛則嫌夜短，愁人方知夜長，心情歡悅的人，會覺得良夜只如一瞬，而愁苦的人却感到寸陰若歲，如在油鍋上煎熬。作者既然孤苦伶仃地呆在郴州貶所，自然感覺長夜迢迢，沒有盡頭。而且，這個長夜還是“清”的，淒清得讓人發狂。在作者的妙筆下，整個除夕的黯淡被上闋的二十四個字勾畫得淋漓盡緻。“徂”本來的意思就是走過，並沒有慢的意思，但用在這裏，却有一種時間流逝得很慢之感，襯出作者長夜難眠的心情。

鄉夢斷，旅魂孤，崢嶸歲又除

遭貶謫的人碰上新年，自然格外懷念故鄉，如果能做一場美夢，夢見家鄉的親人，也算是有點慰藉。然而長夜淒清，城樓上角聲嗚咽，好像在時時提醒他所處的環境，讓他明白自己孤獨地旅居在郴州。在這種情況下，連夢回故鄉的美夢也不可能，時時被打斷，愈加感到淒涼。“崢嶸歲又除”一句，正面點出這首詞的寫作時間是在除夕。“崢嶸”是崎嶇不平坦的意思，用來比喻歲月的艱難。“歲又除”則透露出作者感到時光煎迫，苦難的一年總算過去了，但新的一年仍然毫無希望。

衡陽猶有雁傳書，郴陽和雁無

結尾兩句可謂點睛之筆，將詞人的悲苦層層推進，達到了高潮極緻。古人認為大雁可以傳送書信，但是傳說中大雁南下的終點是衡陽，因為衡陽以南濕熱難熬，大雁也不願涉足。郴州的位置比衡陽還要南，連大雁都不會飛到。作者藉用這個傳說，表達自己被貶到蠻荒之地的痛苦。他痛苦地意識到，這個地方非常荒遠，連大雁也不可能會來傳書，自己要和家鄉斷絕聯繫了。接不到書信，當然是一種誇張的說法，實際上當時靠郵驛來傳信，郴州也有郵驛，不會接不到書信。但這種誇張的修辭手法深切地表達了作者心情的沉痛。

評解

秦觀擅長寫離情別恨，清代學者馮煦《蒿庵論詞》謂："淮海、小山，古之傷心人也，其淡語皆有味，淺語皆有緻。"這首詞正可以當得上"傷心"二字。這首小令音律非常諧和，琅琅上口，而表達的感情極為沉痛，尤其是最後兩句，真是一唱三嘆。前人曾經評價南唐後主李煜的詞為"麤服亂頭，不掩國色"，是"天籟"之音，而秦觀這首詞差不多也達到了這種境界，語言樸素如同日常口語，毫不雕琢，天然渾成，却又意蘊深遠。整首詞語句淺淡，而有不盡的悲恨凝結其中，堪稱婉約正宗，當行本色。這樣的優秀作品，本身傳達的意蘊已足以打動讀者，不一定非得去追究它有什麼具體背景纔能體會到它的佳處。

"衡陽猶有雁傳書，郴陽和雁無"，這兩句讀來何其沉痛！作者另一首《阮郎歸》（瀟湘門外水平鋪）也寫於被貶郴州之時，時間是在紹聖三年秋（1096）。其詞曰："瀟湘門外水平鋪，月寒征棹孤。紅妝飲罷少踟躕，有人偷嚮隅。 揮玉筯，灑真珠，梨花春雨餘。人人盡道斷腸初，那堪腸已無。"其結尾兩句想象甚奇特：別人的傷心還只是在腸中打轉，而她却傷心得連腸子都沒有了，可謂達到了悲傷的極緻。這兩句句式、修辭手法與"衡陽猶有雁傳書，郴陽和雁無"極為相近。

比它們更早，北宋著名詞人晏幾道同樣詞牌的一首詞已使用了類似手法，那首《阮郎歸》是這樣寫的："舊香殘粉似當初，人情恨不如。一春猶有數行書，秋來書更疏。 衾鳳冷，枕鴛孤，愁腸待酒舒。夢魂縱有也成虛，那堪和夢無。”晏幾道這首詞也是感嘆接不到書信的孤獨，最後兩句警句的句式結構與秦觀的兩首詞很相似，都是設定一個可以勉強接受的條件，而轉折處却感嘆，連這個最低的條件也不可得。另外，它們的韻也都是古代韻書中的魚部韻，都使用了“初”“孤”“無”等韻脚，讀起來也有點容易相混。秦觀和晏幾道的詞風前人一直認為是最相近的，兩人均為婉約詞名家，並且他們兩個人可說是宋代詞人中最擅長抒寫哀苦的，難怪評論家常把他們相提並論。說到兩人的差异，晏幾道還是側重在離愁別恨，感慨比較表面化，而秦觀詞中對世事、對人生的慨嘆要來得更深刻、更沉痛。

踏莎行

霧失樓臺，月迷津渡，桃源望斷無尋處。
可堪孤館閉春寒，杜鵑聲裏斜陽暮。

驛寄梅花，魚傳尺素，砌成此恨無重數。
郴江幸自遶郴山，為誰流下瀟湘去？

題解

這首詞作於紹聖四年（1097）暮春時候，當時作者被貶謫郴州，住在郴州旅舍。有的版本在這個詞調下有題目“郴州旅舍”。詞中抒寫了作者流徙僻遠之地、前途渺茫的淒苦失望之情，以及思念家鄉的悵惘之情。

關於這首詞，據《清波雜志》說是秦觀寫給某個他所牽掛的特定對象的，清趙翼《陔余叢考》認爲，這位特定對象就是長沙義妓。據宋洪邁《夷堅志》記載、趙翼《陔余叢考》考定，長沙有個妓女特別喜歡秦觀的詞，每

踏莎行（霧失樓臺） 詞意圖　孫志卓 繪

得一篇，“輒手筆口哦不置”。後來，秦觀遭貶經過長沙，這位妓女盛情接待，並情願托以終身。秦觀感動於她的深情，但因自己是戴罪之身，不敢帶她同往貶所，只得婉拒，並寫了這首詞相贈，末尾“郴江”二句便是表示遺憾之情。這位妓女從此閉門謝客。後來秦觀在藤州病卒，靈柩北還快到長沙時，這個妓女前一天晚上忽然做了一個夢，夢見秦觀來嚮她告別。她醒來之後大驚：“自從我和秦學士相別，從來沒有夢見過。今天突然夢見他來告別，這不是吉兆啊。”於是派遣僕人去打探情況，果然得到秦觀病歿的消息。這個妓女於是身穿喪服南下，在旅館碰見秦觀的靈柩，祭奠完畢後，自縊而死。這僅僅是傳說，未必真有其事，但也說明這首詞的藝術感染力非同一般，所以人們願意為它編造一段淒婉的故事。

【句解】

霧失樓臺，月迷津渡，桃源望斷無尋處

這是一個初春的日子，詞人想象著這樣一種場景：大霧茫茫，掩沒了一切的亭臺樓閣；月色朦朧，遮蔽了所有的河津渡口。在這樣惡劣的天氣下，想尋覓陶淵明筆下的仙境桃花源已不可得。這三句和後面的現實描述完全不一樣，顯然是一種想象和象徵，藉以抒發自己心中對理想迷失的痛苦。有的人認為前兩句是比喻當時讒臣掌權，豺狼當道，政治極為黑暗，這也是有道理的。作者因為黨籍之禍被貶謫到郴州這個偏遠地方，並且所有的官職和俸祿都被削奪，心中憤懣可以想見。詞人在這時候，自然會起遁世之心，夢想去尋找桃花源那樣一片世外樂土。陶淵明筆下的桃花源一般認為是在湖南境內，作者的想象因此生發。

可堪孤館閉春寒，杜鵑聲裏斜陽暮

這兩句切回現實，寫親身感覺，詞人住在一個孤零零的驛站館捨裏，四面春寒，砭人肌膚。寄住驛館已經會讓人產生孤寂之感了，何況這座驛館還四圍不見人烟，並且籠罩在一片料峭春寒當中，闃寂無聲，只有窗外的杜鵑在泣血鳴叫。而時值傍晚，清冷的陽光斜照在這片天地之間，愈發增添了作者心中的淒涼。

清代詞人況周頤曾經總結過詩詞寫作的規律，說暮春、斜陽、紅燭、風雨是中國詞人常用的意象，專門用來表達愁苦之情。表達人心中微妙婉約的感覺，是詞這種文學體裁所擅長的，而景色的渲染無疑極為重要，因為人心會受到季節和外界環境的影響。南朝文藝理論家劉勰所說“物色之動，心亦搖焉”，就是這個意思。在這兩句中，秦觀羅列了孤館、春寒、杜鵑、斜陽四種意象，很好地表達了自己內心的悲涼之感。杜鵑是古人認為代表悲淒情緒的鳥，白居易《琵琶行》中就曾說“杜鵑啼血猿哀鳴”。這兩句藉用自然環境渲染悲涼心境，效果極佳，近代學者王國維在《人間詞話》裏評價道：“少游詞境最淒婉，至‘可堪孤館閉春寒，杜鵑聲裏斜陽暮’，則變而為淒厲矣。”這樣的評價是很精到的。按照王國維的理論，這兩句也體現了他所提出的“有我之境”，寫景造境中無不帶有作者本人的色彩，每一樣淒清蒼涼的景物後面，都藏著一個用同樣淒清蒼涼眼神撫摸它們的“我”。這兩句既是寫景，更是傳情，做到了情景交融。

驛寄梅花，魚傳尺素，砌成此恨無重數

環境的淒涼已經得到了很好的渲染，詞人進一步描述自己的感受，也就水到渠成。下闋開頭“驛寄梅花，魚傳尺素”，一連用了兩個典故。前者出自《荆州記》，南朝宋時，吳郡的陸凱和范曄（《後漢書》的作者）關係很好。當時范曄在長安，陸凱通過郵驛寄了一枝梅花給范曄，並附詩一首：“折梅逢驛使，寄與隴頭人。江南無所有，聊贈一枝春。”後者出自古樂府《飲馬長城窟》：“客從遠方來，遺我雙鯉魚。呼兒烹鯉魚，中有尺素書。”這兩個典故後來都用來指代傳送書信。詞人連用這兩個典故，用來渲染得到友人書信的心情。住在孤館，能收到遠方親友的書信，本來應該是很高興的事，可是詞人的心中却是什麼滋味呢？他說“砌成此恨無重數”，原來這些書信不但沒有讓他開心，反而加重了他的愁恨。“砌”字用得很妙，把抽象的離愁別恨形象化了，他收到的那些書信就像磚石一樣，層層堆砌，書信愈多，說明他被貶謫遠方的時間愈長，離愁別恨仿佛層層加高加重的磚石，愈來愈難以排解，心緒被壓得很沉重，更加悲愁。

郴江幸自遶郴山，為誰流下瀟湘去

這最後兩句堪稱千古絕唱。詞人眺望不遠處環遶著郴山的一曲江水，感覺日日相伴的惟有它了；然而它也是毫不停留，一直嚮北方流去，和瀟湘之水匯合。作者感到，連江水仿佛都拋弃了自己，由此愈發襯托出孤獨淒苦的處境。這句同時也表達了對郴江之水的羡慕，這條江水是幸運的，它能够自由地流嚮北方，而自己呢？却只能禁閉在這個人跡罕至的地方，受著離愁別恨的無盡折磨。這種筆法是擬人化的，在作者的思維中，郴江也像有了人的感情。這樣的筆法，也最大限度地表現出作者的孤獨和淒涼。據說蘇東坡非常喜歡這兩句，他還把這兩句詞特意寫在自己的扇子之上，哀嘆道："少游已矣，雖萬人何贖！"可見秦觀的死在他心中引起的巨大悲痛。秦觀是蘇東坡最喜歡的門生，兩個人的遭遇也很相似。秦觀遭貶的時候，蘇東坡也在海南過著孤獨的貶逐生活，秦觀這兩句詞自然容易引發他的共鳴。

關於這兩句，還有別的理解。有人說，這兩句彷彿詞人在對郴江說："郴江啊，你本來生活在自己的故土，和郴山歡聚在一起，究竟為了誰而竟自離鄉背井，'流下瀟湘去'呢？"這就好像詞人在感嘆自己的身世：自己本來好端端一個讀書人，本想出來為朝廷做一番事業，正如郴江原本是遶著郴山轉，誰會想到竟捲入一場政治鬥爭的漩渦裏去呢？這樣的解釋也通，不過顯得有點紆曲。

評解

這首詞是秦觀詞中的名作，歷代文人和學者都毫不吝惜地對它加以稱讚，尤其"可堪孤館閉春寒，杜鵑聲裏斜陽暮"和"郴江幸自遶郴山，為誰流下瀟湘去"四句，更是備受推崇。但是也曾經有人對"斜陽暮"三個字提出疑問，認為既然寫了"斜陽"，又說"暮"，這豈不是犯了重複的語病？還有人說秦觀的原句是"斜陽樹"，為了避宋英宗趙曙的諱纔改為"暮"的。其實這都是迂腐之見。在古典詩詞創作中，把幾個相同意思的字連綴在一起，一般是為了強調表達某種意思，算不上重複，古代早就有這樣的例子。比如屈原說："薋菉葹以盈室兮，判獨離而不服。""忳鬱邑餘侘傺兮，吾獨窮困乎此時也。"其中的"薋"和"菉葹"，指的是同一種草；而"忳"和"鬱悒"，也都表示同樣的感情。前人還說"明月皎夜光"，"明""皎""光"從意思上來說，都是重複，但從表達上來說，則有強調、遞進的作用，不妨礙它是好詩。

"郴江"兩句，受到蘇東坡推崇，王國維卻表示不同意見，說"可堪孤館"兩句寫情入景，纔是佳句，而蘇東坡欣賞後兩句，只是皮相之見。其實這四句各有各的佳妙，王國維與蘇東坡欣賞的著眼點不一樣，意見相左也是很正常的。

阮郎歸

褪花新綠漸圍枝，撲人風絮飛。
鞦韆未拆水平堤，落紅成地衣。

游蝶困，乳鶯啼，怨春春怎知？
日長早被酒禁持，那堪更別離。

題解

這首詞《花庵詞選》題爲“春晚”，根據學者考證，大致作於宋哲宗紹聖四年（1097）春暮。它與《踏莎行》（霧失樓臺）、《如夢令》（池上春歸何處）等詞創作於同一時期，當時作者貶謫郴州。詞中表達惜春傷別之情，風格蘊藉婉曲。

阮郎歸（褪花新綠漸團枝）詞意圖　廖松崗 繪

【句解】

褪花新綠漸團枝，撲人風絮飛

暮春時節，花兒已殘落，褪去鮮豔的色彩，而新生的綠葉却日見茂盛，漸漸長滿枝頭，此消彼長，意味著不知不覺之間已到春末夏初時候。“褪花”，花朵萎謝褪色，也就是蘇軾《蝶戀花》詞中所說“花褪殘紅”之意。柳絮點點，隨風飛舞，撲打在行人身上臉上。北宋詞人晏殊《踏莎行》（小徑紅稀）詞有句云：“春風不解禁楊花，濛濛亂撲行人面。”似怨似嘲，把春風、楊花擬人化，頗有韻味。本詞同樣用了一個“撲”字，使得漫天飛舞的柳絮頓時生動起來，仿佛故意與行人為難。楊花就是柳絮，也就是蘇軾《蝶戀花》詞中“枝上柳綿吹又少”的“柳綿”。

鞦韆未拆水平堤，落紅成地衣

蕩鞦韆是春季裏女子喜歡玩的游戲活動，這個時候她們充滿活力，引人注目。鞦韆架往往是陪襯女子倩影芳容的絕佳道具，並且成為詞人審美聯想和間接抒情的對象。比如蘇軾《蝶戀花》詞“墻裏鞦韆墻外道。墻外行人，墻裏佳人笑。笑漸不聞聲漸悄，多情却被無情惱”，就生動地展示了這種心態。至春末夏初之間，花殘紅消，春色漸老，女子也失去了蕩鞦韆的興緻，一般將其收拾起來以待來年。詞人漫步在水池邊，雖然還有未拆除的鞦韆架，但已無人在那裏嬉戲；被冷落的鞦韆，已隱隱誘發詞人的惜春、懷人之情。池中新漲高的綠水已與堤岸相平，越來越多的花兒已不在枝頭，而是凋落在地上，厚厚地堆積著，如同鋪了一層地毯。“地衣”，即地毯，如唐白居易《紅線毯》詩：“地不知寒人要暖，少奪人衣作地衣。”又李煜《浣溪沙》詞：“紅錦地衣隨步皺。”南宋詞人辛弃疾在《粉蝶兒》（和晉臣賦得落花）中，也將厚積的落花比作地衣：“甚無情便下得雨僝風僽，嚮園林鋪作地衣紅縐。”褪花、新綠團枝、風絮撲人、落紅厚積，都是春夏之交典型的節候景象，也是古典詩詞中屢見不鮮的場景，但秦觀以最洗煉的詞句將其精確表現出來，仍給人以造語新奇明媚之感。

游蝶困，乳鶯啼，怨春春怎知

蝴蝶在花間飛來飛去忙了一個春天，到這時候也覺得困倦了，不再那麼起勁；而新生的黃鶯，隨著春光逐漸長大，這時正是賣弄精神的時候，所以它們啼聲格外嘹亮。“乳鶯”，小黃鶯。這兩句一寫聲，一狀形，所寫的春天景物由靜轉動。此時詞人突然插入一句，吐露心聲，表達“怨春”的心情，埋怨它匆匆離去，如離別的人一樣就此不見。這一句也表明，詞人無人可以相談，只得將苦悶孤寂的心情嚮“春”這個空虛的對象傾吐，然而春却是無情無識之物，怨它它也不知道，有哀怨而無人可訴，這纔真是悲哀。這樣一轉，自然而然地將傷春情緒轉成了懷人、傷離別的情緒。

日長早被酒禁持，那堪更別離

“日長”，指春天白晝漸長。白晝漸長既是自然現象，也是詞人的心理感受，悲苦無聊賴之人，當然更覺得時間漫長。作者另一首《浣溪沙》（青杏園林煮酒香）詞中說“乍雨乍晴花易老，閑愁閑悶日偏長”，便說明了心情愁悶時容易覺得“日偏長”。而這樣傷春的日子裏，詞人將自己交給酒來擺布。“禁持”，擺布。酒當然不會自行來擺布詞人，這話的意思，還是說他勉強藉酒消愁，將一腔愁懷交給酒來擺布。不說以酒澆愁，而說被酒所擺布，益發顯出其無奈落寞：明知酒不可澆愁，而仍只能寄望於藉酒忘憂，自己騙自己，這是何等的悲哀！此時此刻，他多麼希望能有同心人在身邊安慰他受傷的心，但對一個逐臣來說，這個願望顯然太奢侈了。這樣，怨別離的主題也就水到渠成，呼之欲出了。

評解

這首《阮郎歸》與《踏莎行》（霧失樓臺）創作時間差不多在同時，但風格上各有千秋。正如王國維在《人間詞話》中所說，秦觀的詞境一嚮以凄婉見長，而《踏莎行》則“變而為凄厲矣”，大有凄情苦緒噴薄而出之感。而這首《阮郎歸》就要溫婉蘊藉得多。上闋描摹春末景象，不但不露哀苦之意，反而給人一種明媚之感，直到“落紅成地衣”一句，纔隱隱露出嘆惋的意思。下闋開始由靜轉動，以“游蝶困，乳鶯啼”兩句做一個過渡，纔突然流露出“怨春”的情緒，但直到結尾“哪堪更別離”，這種哀怨情緒仍表現得淡淡的。不過這種淡並不是平淡，而是意在言外，淡而有味，於層層設色、鋪墊之中，含蓄表達無限傷痛之意，藝術手法是很高明的。《詞菁》評價它“出語新媚，亦複幽奇”，還只是就字面而言。作者另外兩首《如夢令》（樓外殘陽紅滿、池上春歸何處），內容、風格與這首《阮郎歸》很接近。《草堂詩餘雋》評後一首《如夢令》說：“深情厚意，言有盡而味自無窮。”完全可以移用來評這首《阮郎歸》。

南歌子

香墨彎彎畫，燕脂淡淡匀。

揉藍衫子杏黃裙，獨倚玉闌無語點檀唇。

人去空流水，花飛半掩門。

亂山何處覓行雲？又是一鈎新月照黃昏。

題解

這首詞有的版本加有題目“閨怨”。從詞的內容來看，先寫女子盛妝待人的情景，再寫她待人不得而失望的情懷，確實是一首典型的閨怨詞。此詞當爲詞人前期作品。

南歌子（香墨彎彎畫） 詞意圖 蕭惠珠 繪

【句解】

香墨彎彎畫，燕脂淡淡勻

起首兩句寫女子畫眉、搽臉，“畫”與“勻”兩個動詞運用精當，“彎彎”“淡淡”兩組疊字從音調、意思來看配合得也好。“香墨”，指古代女人畫眉用的螺黛；“燕脂”，即胭脂。

揉藍衫子杏黃裙，獨倚玉闌無語點檀唇

女主人公上身穿著揉藍色的衫子，下身則是杏黃色的裙子。“揉藍”，就是稍淺帶碧的藍色，詩詞裏常用來形容水的顏色，比如王安石《漁家傲》：“平岸小橋千嶂抱，揉藍一水縈花草。”這句連上面兩句，香墨（黑）、燕脂（紅）、揉藍、杏黃，四種顏色組合在一起，非常豔麗。寫完了穿著，接著又寫這女子的動作，她倚著玉欄杆，一聲不吭地用檀色（淺絳色）的顏料點唇。這種顏色和上面提到的四種顏色組合：黑色的眉毛、淡紅色的胭脂、碧藍色的上衣、杏黃色的下裳、淺絳色的嘴唇，宛如一幅重彩工筆仕女圖，一個女子倚欄的愁悶姿態宛如夢幻一般再現於讀者面前。她為什麼憑欄梳妝呢？作者雖然沒有交代，但從詞中的“獨”和“無語”可以猜到，“獨”說明沒有人陪伴，“無語”則說明她沒人可以說話，或許也暗示她心情不好，不願說話。“女為悅己者容”，這女子盛服豔妝，肯定是想打扮給情人看，但如今她獨立無語，說明情人並不在身邊。

人去空流水，花飛半掩門

這兩句不但點明了女子在思念離人，而且點明了季節是在春天。“流水”二字暗示離人的薄情，“花飛”則象徵著女子的綿綿情意；“落花有意，流水無情”，似乎就是這兩句詞的注脚。也可以從另一個角度去理解，“流水”可能象徵著這女子的愁緒像流水一樣悠悠流之不盡，“花飛”則象徵著她的美麗容顏凋謝，隱含著青春將逝的悲哀。“半掩門”也是中國古典詩詞中常用的意象，一般用來表達寂寞無聊賴的狀態。這兩句寫流水、寫空寂的庭院，似乎不著邊際，但這些場景所包涵的不確定性，正好給讀者以無限的聯想空間。

亂山何處覓行雲？又是一鈎新月照黄昏

“亂山何處覓行雲”顯然也帶有象徵意義。“行雲”是古人常用來形容薄幸男子的詞，比如唐代詩人雍陶的《相和歌辭·明月照高樓》：“君若無定雲，妾若不動山。雲行出山易，山逐雲去難。”又如五代馮延巳的《蝶戀花》：“幾日行雲何處去？忘却歸來，不道春將暮。百草千花寒食路，香車繫在誰家樹？”雍陶的詩中，女子自比為山，比男子為雲。秦觀的這句詞也寫到山，也寫到雲，却是把男子駐足的所在比作山，因為他久無音信，就如行雲藏在迷亂的山中，行蹤詭秘，無法尋覓。一個“亂”字，形象地描摹出了女子情思繚遶而又無可奈何的心態，似乎能看見她慌亂而又飽受煎迫的心靈。“又是一鈎新月照黄昏”，則把筆觸伸到眼前的實景，眼前新月在天，讓人恍然覺悟，原來就在女子無言、無奈的等待之中，一天又將過去。一個“又”字，點明了女子對男子的等待是日複一日，年複一年，歲月苦不居，綠窗佳人老，這女子還有多少青春經得起這樣等待的消耗呢？李煜詞《虞美人》：“風回小院庭蕪綠，柳眼春相續。憑闌半日獨無言，依舊竹聲新月似當年。”都是寫春來春往，都是感嘆韶華不留，秦觀這首詞和李煜的寫法可謂异曲同工。

評解

閨怨是中國古代永恒的文學題材，因為那時候婦女地位低下，交通不便，男子為名繮利鎖所牽絆，導緻很多女子不得不經常承受獨守空房的痛苦。秦觀這首詞在內容上雖然沒有多少新意，但是藝術成就很高。詞的上闋色彩鮮明，和下闋的冷落荒凉恰成鮮明的對比，很好地襯托了離人的孤寂，可謂一篇描寫閨怨的佳作。

醉桃源

碧天如水月如眉，城頭銀漏遲。
綠波風動畫船移，嬌羞初見時。

銀燭暗，翠簾垂，芳心兩自知。
楚臺魂斷曉雲飛，幽歡難再期。

題解

這首詞的詞牌名爲《醉桃源》，原注稱：“以《阮郎歸》歌之亦可。”實際上，《醉桃源》就是《阮郎歸》詞牌的別名。這個詞牌來源於一個典故，據《神仙記》記載，東漢末年，劉晨、阮肇到天台山去采藥，不知不覺肚子餓了，於是摘取山上的桃子充饑，吃了幾個立刻精神健旺，後來在溪水邊又碰見了兩個仙女，仙女對他們熱情款待，並留他們住了半年。後來兩人因爲思鄉情切，執意要求出山。沒想到回去之後，發現家鄉早已面目全非，一打聽纔知道距他們離去之時已經過了十世（古代一世爲三十年），不禁感慨萬千。中國古代亂世多，治世少，如果有那麼一個仙域桃源，在那裏可以無憂無慮、不愁吃穿地生活，躲避兵火之災，更有長生不老的誘惑和仙女相伴，誰會不渴盼呢?

《阮郎歸》詞牌適合寫淒婉之情，秦觀這首也不例外。從內容來看，此詞寫初次幽會的場景，似乎作於作者早年。

醉桃源（碧天如水月如眉） 詞意圖　廖松崗 繪

【句解】

碧天如水月如眉，城頭銀漏遲

“碧天如水”，點明時序是秋天。晚唐溫庭筠《瑤瑟怨》詩說：“冰簟銀床夢不成，碧天如水夜雲輕。雁聲遠過瀟湘去，十二樓中月自明。”只有秋天纔能有那麼潔凈如水洗過的天空。“銀漏遲”，表明主人公更深夜靜還沒有睡著，悒鬱地聽著城頭銀漏的聲音。“銀漏”，古代計時器，也叫玉漏、漏壺，一般為銅制，由四隻組成一套，上下相疊，最上面一隻裏面貯水，逐次下滴，最下面一隻裏置一個直立的浮標，上面刻十二時辰刻度，視水位高低而知道時刻。主人公夜深不眠的原因是什麼呢？由詞牌《醉桃源》的本意推斷，那很可能是因為懷念所愛，孤枕難眠。

綠波風動畫船移，嬌羞初見時

這兩句鏡頭轉換，變成了主人公的回憶。他回憶起當時和心上人初次相見時的場景：在綠水蕩漾的時節，在楊柳風輕搖的畫船之上，他的心上人滿面嬌羞地出現了，那種欲說還休的少女特有的羞澀，無疑是令世間男子最動心、最難以忘懷的姿態，所以他一想起她，腦海中第一個閃現的畫面就是她嬌羞無限的面龐。這含蓄的舉止，可以給人無限想象的餘地，很符合中國古典文人的審美訴求。

銀燭暗，翠簾垂，芳心兩自知

他們相聚時，燭光黯淡，簾幕低垂，他們可以盡情表露對對方的愛慕。據心理學家研究，一般來說黃昏時分人的情愫最容易被觸發。詞中這對男女主角正是如此，他們在銀燭之下、翠簾之中，終於能够將彼此的愛慕盡情吐露，使彼此互相知曉。

楚臺魂斷曉雲飛，幽歡難再期

主人公由回憶又回到現實，已是樓去人空，歡愛難再，只能夢魂望斷，唏噓感嘆。“楚臺魂斷曉雲飛”用的是戰國時楚襄王和宋玉對答的典故。據宋玉的《高唐賦》記載，楚襄王和宋玉一起出游於雲夢之臺，望見高唐觀上雲氣變化無窮，楚襄王問宋玉那是什麼雲氣，宋玉回答說那是朝雲。楚襄王問什麼是朝雲，宋玉說：“從前先王曾經游歷高唐觀，感覺有點疲倦，就小睡了一會。夢見神女嚮他自薦枕席，於是極盡歡愛，之後神女嚮先王告別，說：‘我住在巫山之下，早上是雲，晚上化雨。朝朝暮暮，陽臺之下。’”

這個故事和劉、阮入天台山的故事相仿，也是寫人與神女相會歡愛的事。“楚臺魂斷曉雲飛”一句已足以說明物是人非、滄海桑田之感，並且空靈沉痛，餘味無窮。而“幽歡難再期”一句，只是將這種心情、感覺說得更明白罷了。

評解

一般認為，這首詞作於秦觀早年，是寫和情人初次幽會時的作品。但由詞本身來看，寫作手法已相當純熟，語句柔媚婉約，感情真切，具有大多數秦觀詞含蓄蘊藉、情韻兼勝的特點。從結構上來看，這首詞也很有意思，一頭一尾的四句寫現實，中間幾句則寫回憶，讓美好的回憶被沉痛的現實所包裹，而愈顯其沉痛。這種結構安排，應該說是獨具匠心的。

畫堂春

東風吹柳日初長，雨餘芳草斜陽。
杏花零落燕泥香，睡損紅妝。

寶篆烟消龍鳳，畫屏雲鎖瀟湘。
夜寒微透薄羅裳，無限思量。

題解

這首詞，曾有人誤認爲是黃庭堅少年時的作品，但據學者們考證，認爲系秦觀所作，而非黃作。由這首詞本身來看，柔媚中蘊含沈痛，痴情而不濫情，確實更符合秦觀作品的一貫風格，而黃庭堅的作品基本還沒有達到這種藝術表現能力。詞中描寫的是一位女子春睡的場景和心情，香豔中夾雜著惆悵，惹人遐思。

畫堂春（東風吹柳日初長） 詞意圖　蕭惠珠 繪

【句解】

東風吹柳日初長，雨餘芳草斜陽

正是東風吹柳的爛漫時節，天氣仿佛從寒冬中複甦過來，白晝逐漸加長，萬物勃發，到處呈現出欣欣嚮榮的美好狀態。外面剛剛下完小雨，芳草在斜陽下閃著流光，當真是一幅美不勝收的春日圖景。“雨餘芳草斜陽”這句，與五代馮延巳《南鄉子》詞的首句“細雨濕流光”意境有些類似，而且兩者都是寫閨怨的，可能秦觀從馮延巳的詞中得到了啓發。

杏花零落燕泥香，睡損紅妝

杏花被東風吹散，花飛花落，四處飄蕩，有一些正掉在屋梁的燕巢上，泥築成的燕巢也因此染上了花瓣的芳香之氣。此時此刻，一位年輕女子躺在羅帳中，她剛剛醒來，紅妝也在睡夢中受損。這一系列場景的描寫充滿了春日的慵懶氣息。人們也許會產生疑問：這位女子為什麼會在白晝睡覺，而且睡到日光西斜？可能是心情不好，也可能是春日實在倦慵，詞中暫時沒有交代。從結構上看，上闋的前三句皆寫景，一個畫面接著一個畫面，最後四個字“睡損紅妝”纔切入正題：原來所有的景色都是為了烘染這位女子的春睡而設的，並非單純的景色描寫；“無我之境”往往不如“有我之境”動人，若沒有這位女子，那些綺麗柔膩的畫面又有什麼意義呢？

寶篆烟消龍鳳，畫屏雲鎖瀟湘

詞到下闋，作者筆鋒順勢一變，描寫女子春睡的室內場景。製成龍鳳形狀的篆香已經燃盡，說明時間已經過去很久；而豎立在一邊的畫屏，上面繪著一幅《雲鎖瀟湘圖》。“寶篆”即篆香，“篆香”和“畫屏”這兩種場景在秦觀詞中都屢屢出現，是他慣用的意象。前者如《減字木蘭花》“欲見回腸，斷盡金爐小篆香”，後者如《浣溪沙》“淡烟流水畫屏幽”。這兩個意象，都和詞中主人公的幽怨有關，這首《畫堂春》中的香閨女子自然不例外，也是滿懷幽怨的。“雲鎖”兩個字還隱喻這個女子的迷茫，她的心上人可能在外，許久沒有音信，行蹤就像被雲霧層層鎖住了一般。

夜寒微透薄羅裳，無限思量

最後兩句纔點明女子晝眠的原因，原來她心中藏著無限思量，根本睡不著，整夜輾轉不能入寐。“夜寒微透薄羅裳”，表面上似乎是說她不能入睡的原因，實則也是在說明女子因為心中思量，渾然忘我，連夜裏襲人的寒氣都感覺不到了。春天是使人熱情奔放的季節，春夜更是最讓痴情男女激動的時光。蘇軾的《春夜》詩寫道："春宵一刻值千金，花有清香月有陰。歌管樓臺聲細細，秋千院宇夜沉沉。"如此黃金時刻，正值韶華的女子却只能獨守空房，當然免不了輾轉不寐；而一夜間堆積的困倦，只能挪到白天來補足，晝眠是迫不得已的。

評解

這首詞最精緻的就是前三句的景色描寫，很多評論者都給予極高評價，沉際飛《草堂詩餘》正集卷一就說："'杏花零落香'、'為憐流去落紅香，啣將歸畫梁'（曾覿《阮郎歸》詞）。秦以一句出藍。"王國維也說："溫飛卿《菩薩蠻》：'雨後却斜陽，杏花零落香。'少游之'雨餘芳草斜陽，杏花零落燕泥香'，雖自此脫胎，而實有出藍之妙。"他們都認為秦觀的句子脫胎於溫庭筠、曾覿等人的詞，但是青出於藍而勝於藍。從沉際飛對前人詩詞的引用還可以看出，秦觀這幾句實際上是把前人詩詞中的相似意境加以綜合，從而營造出更為豐富的意境。溫庭筠的"雨後却斜陽，杏花零落香"寫杏花落入泥土，使泥土也沾染了香氣，而曾覿的"為憐流去落紅香，銜將歸畫梁"則寫燕子不忍心落花委於泥土，特意將它們啣起來黏在自己的巢上。秦觀的詞綜合了溫、曾兩人詞中的意境，把落花墮泥、燕子啣泥兩個層次的場景合併到一起，却又處理得天衣無縫，甚至比他所依據的藍本更簡潔、更有表現力，除非讀者事先很熟悉溫、曾那兩首詞，否則很難發現他綜合兩家詞句意境的事實。

全面分析作品的結構，還可以看出，詞的上下兩闋各有側重：上闋主要寫景，下闋情景兼備；上闋寫的是白天，主要寫室外的春色，下闋則寫夜晚，主要寫室內的陳設；最後兩句以描繪情感作結，點明詞作的主旨，有畫龍點睛的功效。有的評論者認為這首詞上下兩個結句過於寫實，有"氣薄語纖"的毛病。其實也不然，如果沒有最後的結句對情感的深沉描繪，則前面的寫景將沒有多少意義。晚唐詞人溫庭筠的詞作色彩絢麗，耀人眼目，却不免靡麗空薄之譏，就是因為他缺少真情的抒寫。秦觀之所以能超越前人，也正是因為擅長抒寫真情，天性多情、重情。《詞綜偶評》評價這首詞說："高麗！直可使耆卿、美成為輿臺矣。"把柳永和周邦彥的填詞水平看成只能當秦觀的奴僕，雖然有點過，但這首詞的藝術魅力也可由此窺見一斑。

海棠春

流鶯窗外啼聲巧，睡未足，把人驚覺。
翠被曉寒輕，寶篆沉烟裊。

宿酲未解宮娥報，道別院，笙歌會早。
試問海棠花，昨夜開多少？

題解

這首詞有的刻本題爲“春曉”，內容也是寫女子春睡的。從詞中“宮娥”二字來看，詞的主人公是一位居於深宮大院的美人。清代劇作家洪升的《長生殿》第四齣《春睡》中，有一個曲牌《海棠春》，把秦觀這首詞全部加以引用，用來形容楊貴妃“春宵苦短日高起”的嬌態，可見它在寫作上的成功。

海棠春（流鶯窗外啼聲巧） 詞意圖 蕭惠珠 繪

【句解】

流鶯窗外啼聲巧，睡未足，把人驚覺

流鶯啼叫，緻使美人驚醒，她慵然而起，感到還沒有睡够。詩詞的表達需要凝練，很多時候不需要面面俱到，只要寫出代表性的事物，則畫面就可聯想而出。誰都知道，流鶯就是春日韶華的代表，既有流鶯，顯然是春日；既有流鶯的聲音，則不難想見春日風光的綺麗。通過通感想象，由聲及色，把室外春天美景都寫出來了。

翠被曉寒輕，寶篆沉烟裊

美人屋裏，因為翠被稍薄，緻使曉寒侵體。這個“輕”字用得恰到好處，如果曉寒過重，則會使人生病，一點浪漫都沒有了；如果悶熱難耐，則人會躁急，非但沒有心情，意象也不雅緻。只有這樣的輕寒，纔能讓人愈加感到衾被的溫暖，感到生活的幸福。况且，春日空氣的微寒也自有它舒適的一面，宋詩裏說“吹面不寒楊柳風”，同樣是風，春日和冬日的風帶給人肌體的感覺是完全不同的。“寶篆沉烟裊”，表明屋內盤香仍在燃燒。據宋人記載，當時的盤香上有刻度，大約正好能燃燒一晝夜。秦觀寫離人失眠，經常用盤香燃盡猶無睡意這一意象。這裏則反其意而行之，盤香尚未燒完，說明美人春睡未足，和第一句相對應。

宿酲未解宮娥報，道別院，笙歌會早

下闋場景轉換成很有動感的畫面，並交代了美人春睡的緣由：原來她昨夜很可能是參加過盛宴，喝多了，宿酒未醒。“酲”的意思是病酒，也就是喝酒醉倒乃至傷了身子。病酒未解，和上闋的“睡未足”相對應。這時宮娥又來報告，另外一個院子裏笙歌宴會已經早早開始了。這句暗示深宮大院中生活的豪華奢侈，夜夜宴飲，日日笙歌。兩宋經濟發達，物產豐富，當時的東京汴梁和後來南宋的都城杭州都是繁華巨邑，市集上行人揮袖成雲，揮汗如雨；貨架上商品琳琅滿目，應接不暇，讓人嘆為觀止。民間如此，宮廷可想而知。宮娥嚮這位病酒的美人報告笙歌開始的消息，和“宿酲未解”四個字聯繫起來，似乎暗示了她的不耐煩，其實這種晝夜笙歌的日子並不是她所喜歡的。

試問海棠花，昨夜開多少

對於宮娥的報告，美人沒有直接答複，而是突然轉了個話題問道：“昨夜海棠花開了多少了？”這句提問顯得有些突兀，但細細分析，它無疑傳遞了這麼一個信息：“我並不關心宴會，也不喜歡笙歌，我只是想知道海棠花昨夜開了多少。”詢問海棠這件事看似毫無道理，但人的情感表達有時就是這樣，極為微妙，沒有道理可尋。李清照曾寫過一首著名的《如夢令》：“昨夜風疎雨驟。濃睡不消殘酒。試問捲簾人，却道海棠依舊。知否，知否？應是綠肥紅瘦。”和秦觀這首詞有相似之處，都是女子宿酒未解，嚮侍女詢問海棠花的消息。但是李清照的詞脈絡清晰，邏輯清楚，她問海棠，意在惜花，擔心昨夜風雨將花打殘。而秦觀筆下的美人問海棠花消息，就沒有這種邏輯，表達的情愫却更為幽眇。也許這位美人真正關心的就是海棠花的開放、春日芳菲的消長，然而每日迫不得已、必須參加的笙歌宴會却讓她不得悠閑，不能過自己想過的生活，有此心理，她纔會在宮娥報告宴會消息的時候突然顧左右而言它。從這點來看，這首詞比李清照那首所傳達的情境更為曲折。也有人認為，這美人問海棠是撒嬌，《草堂詩餘》正集卷一的眉批就說：“媚殺。”這樣理解，也未嘗不可。

評解

描摹宮廷生活的作品，歷代詩人詞人寫得很多，但多數作品難免靡麗之譏，而且藝術成就不高。有些更因為是奉詔而作，基本上就是堆砌辭藻而已，如同漢代大賦，極意鋪陳渲染，毫無生氣，讀來味同嚼蠟。而秦觀這首小詞文辭旖旎，音節和緩，結構上沒有落入前人的窠臼。從宮中美人在黃鶯的鳴叫下宿酒初醒，以及她與宮女問答之類細小場景著筆，充滿了生活之趣；而美人的憂傷倦怠也從問答中隱隱浮出，一個慵懶的美人形象躍然紙上，讓人們為之憐惜感嘆。

從藝術手法上來看，此詞的畫面感很強，從流鶯啼曉到美人驚覺，從翠被到篆香，最後到和宮娥的對話，就像一段精心剪輯過的錄影。所以《草堂詩餘儁》卷一評論說：“流鶯喚睡，海棠獨醒，情景恍在一盼中。”這首詞六個韻脚中，“巧”“裊”“早”“少”四個是上聲，從語音學上來講，上聲的音調一般比較長，讀來有一種摇曳而悠長的感覺，和整首詞旖旎柔媚的風格也是很相配的。

鷓鴣天

枝上流鶯和泪聞，新啼痕間舊啼痕。
一春魚鳥無消息，千里關山勞夢魂。

無一語，對芳尊，安排腸斷到黄昏。
甫能炙得燈兒了，雨打梨花深閉門。

題解

這首詞，《草堂詩餘》正集卷一和《類編草堂詩餘》卷一都題作“春閨”。從内容來看，是寫一個閨中婦人思念遊歷不歸的丈夫的。有人曾認爲作者是李清照，李清照詞的風格和秦觀確有相似之處，但大部分秦觀詞集都收録了這首詞，經學者考訂，當是秦觀的作品無疑。此詞風格哀怨，表達方面含蓄藴藉，深得風人之旨，是一首膾炙人口的佳作。

鷓鴣天（枝上流鶯和泪聞） 詞意圖　于守義 繪

【句解】

枝上流鶯和泪聞，新啼痕間舊啼痕

流鶯在枝上啼叫，暗示時節乃是春天。主人公聽見鶯聲，不由得潸然泪落，這新泪痕和舊泪痕層疊相壓，可見主人公幾乎日日以泪洗面，心中愁苦可謂深廣。《草堂詩餘雋》卷一評道："新痕間舊痕，一字一血。"有的本子"枝"作"枕"，枕上聽見流鶯啼囀而落泪，說明是早晨的鶯聲驚斷了主人公的殘夢。

一春魚鳥無消息，千里關山勞夢魂

主人公以泪洗面，原來是因為整整一個春天都沒有得到離人的消息。轉眼間已經是春殘花落，大好春光無人共賞，只能憑欄做遠方之思，尤為痛苦。"魚鳥"相當於"魚雁"，代指書信。主人公想念的人遠隔關山，除了天天在夢中思念之外，別無他法。"勞"字用得很妙，做夢看似毫不費力，但日有所思，纔會夜有所夢，總是夢見離人，也可以想見白日思念之勞苦了。夢魂度越千里關山，本來不像親身跋涉那麼勞苦，但用一"勞"字，表明夢中相見亦不容易；看似無理，却蘊涵著情理，令人叫絕。

無一語，對芳尊，安排腸斷到黄昏

起床後，主人公一整天沉浸在思念之中，由於無人可以傾訴，只能獨對芳尊，以酒澆愁。可是抽刀斷水水更流，舉杯澆愁愁更愁，充沛的思念情感不是酒能澆滅的。所以從早晨一直到黄昏，整天不間斷，她都是在腸斷般的痛苦中生活。"安排"兩個字妙絕，思念之痛本來是自然而然産生的，而詞人偏說"安排"，把相思的無奈表現得淋漓盡緻，真是神來之筆。

甫能炙得燈兒了，雨打梨花深閉門

"甫能"，方纔，剛剛。剛剛把燈點上，就聽見風雨交加，把枝頭上的梨花打得七零八落，顯出凄清的景象。院門也深深閉著，和主人公心底的孤獨痛苦相映襯。"雨打梨花深閉門"一句是唐人樂府裏的現成句子，據說王安石酷愛這句，宋人李重元的《怨王孫》詞裏也曾照搬。秦觀把它用在自己的詞中，顯得那麼天然妥帖，充分發揮了這一句在渲染景色方面的獨到韻味，歷代詞評家對此也讚不絕口。王國維說"一切景語皆情語也"，這句雖然寫風景，實際上曲折地表述了心情，《古今詞話》說它"含蓄得妙"，就是這個道理。

評解

詞人以委婉深情的筆調，寫盡了閨婦對遠方離人的刻骨思念。最後兩句以景寫情，使全詞結尾如琴聲乍斷，裊裊不絕，品之餘味無窮。這首詞的煉字頗具特色，上闋夢魂之“勞”，下闋腸斷之“安排”，都展示了作者天才的語言技巧。《詞菁》稱之為“錦心綉口，出語皆菁”，殊非虛譽。

鵲橋仙

纖雲弄巧，飛星傳恨，銀漢迢迢暗度。
金風玉露一相逢，便勝却人間無數。

柔情似水，佳期如夢，忍顧鵲橋歸路。
兩情若是久長時，又豈在朝朝暮暮。

題解

從詞牌名就可以看出，這首詞是描寫七夕的。七夕就是舊曆七月初七，是一個傳統的中國節日。據民間傳說，這天晚上是牽牛和織女通過天河相會的日子，他們每年衹能相會這麼一次。有關牽牛、織女的愛情傳說在漢代就有了。天上的織女愛上了人間的牛郎，於是偷偷下凡來和他幽會。王母娘娘聽說後大怒，命令將織女押回天庭。牛郎得到神牛的幫助，追到天上，王母娘娘用髮簪一劃，在兩人之間劃開了一道銀河，從此兩人相隔銀河不能相

鵲橋仙（纖雲弄巧） 詞意圖　汪國新 繪

會。只有七月初七這天，纔有喜鵲自願在天河上搭起一座橋梁，讓他們有一夕的歡愛。那些為他們愛情付出辛勞的喜鵲還因此被王母娘娘所恨，遭到了髡首之刑。這個優美的故事一直流傳，因此七夕這天也被稱為中國的情人節。據《荆楚歲時記》記載，七夕這天，還有乞巧的風俗。婦女們都結彩縷，穿七孔針，於庭中陳設瓜果，嚮織女“乞巧”，希望自己的手也能像織女一樣靈巧，能够織出美麗圖案。

秦觀這首詞千百年來一直膾炙人口，可以說是古往今來最著名的七夕詩詞了，尤其是全詞最後“兩情若是久長時，又豈在朝朝暮暮”兩句，已經成為抒寫男女愛情的千古絕唱，一直激勵和安慰著因種種原因不能日日廝守的有情人。

【句解】

纖雲弄巧，飛星傳恨，銀漢迢迢暗度

天上是牽牛、織女相會的背景，似乎纖雲也在學習織女的技巧，星星也在為兩人不能長相廝守而傳送幽恨。“銀漢迢迢暗度”一句寫兩人相會的路途遥遠，而且只能在暗夜中行進，那是何等的艱難，同時也反襯出他們之間的愛情又是何等堅貞。“銀漢”即銀河、天河，是割斷這對神仙眷侶的天塹。

金風玉露一相逢，便勝却人間無數

牽牛、織女兩人的相會可謂驚天地，泣鬼神，雖然一年才能有一度，但是比起人間那些平庸男女的生活或者純粹的肉體歡娛來說，其幸福的感覺要高出千倍萬倍。“金風”即秋風，“玉露”即秋天晶瑩如玉的露珠，兩者都暗示七夕牛郎織女相會的這個特殊時刻；將這個時刻描述為“金風玉露”，來源於晚唐詩人李商隱的《辛未七夕》詩：“恐是仙家好別離，故教迢遞作佳期。由來碧落銀河畔，可要金風玉露時。”這兩句是作者對牽牛織女純潔堅貞的愛情的讚美，人間的一切愛情與之相比都黯然失色。

柔情似水，佳期如夢，忍顧鵲橋歸路

歡會之後，便是令人黯然神傷的分別。他們之間的溫柔纏綿像水一樣，而短暫的佳期歡會如同夢幻泡影，佳會一過，很快就不得不分別。當他們依依不捨地朝鵲橋的兩端而去，不時回頭相望，心中充溢著說不盡的辛酸痛楚，讓讀者不能不為之動容。

兩情若是久長時，又豈在朝朝暮暮。

正當讀者也要為牽牛、織女這對情侶的分別拋灑一掬同情之泪的時候，作者突然寫出擲地有聲的一句："兩情若是久長時，又豈在朝朝暮暮。"一下子又把人們從這種庸常之情中喚醒，慚愧自己同情他們的想法是多麼可憐。真正的愛情不會被時空的阻隔衝散，不在乎相伴時間的長短，朝朝暮暮的相伴不一定就是愛情，更不一定就是心心相印的愛情。人間的很多夫妻雖然天天相處，却同床异夢，與牽牛、織女的純潔高尚愛情相比，確實是千日不抵一夕。

評解

自古以來寫七夕的詩詞很多，但秦觀的這首詞獨樹一幟，將牽牛、織女的愛情上升到很高的境界，成為詠七夕的詩詞中難以超越的一座高峰。以往的作者，大多是慨嘆牽牛、織女離多會少的悲哀和遺憾，比如漢代《古詩十九首》："河漢清且淺，相去複幾許？盈盈一水間，脉脉不得語。"寫兩人隔河相望的無奈。而秦觀却一反前人之見，說他們一年一會比天天相會還要好，更顯得他們的愛情超越時空，堅貞不摧。關於這一點，《草堂詩餘雋》卷三眉批總結得很精闢："相逢勝人間，會心之語。兩情不在朝暮，破格之談。七夕歌以雙星會少別多為恨，獨少游此詞謂'兩情若是久長'二句，最能醒人心目。"

當然，類似這樣的想法並不是秦觀第一個提出來的，他的前輩歐陽修在《七夕》詩裏已經說過："莫云天上稀相見，猶勝人間去不回。"說牛郎織女相會雖少，但比起人間情侶的薄情寡信、一去不回要強得多。但歐陽修還只是把牛郎、織女的一年一會與人間那些始亂終弃的情侶相比，而秦觀的說法就要更進一步，即便和人間一般的恩愛夫妻相比，牽牛、織女的愛情仍然顯得更為高潔。誠然，這裏面存在一個悖論：如果可能，有哪一對有情人不希望長相廝守呢？牽牛、織女的愛情固然高潔，如果一對有情人由於這樣或者那樣的原因不得不分居兩地，那自然可以用牽牛、織女的愛情來自喻相許，但是如果有機會，人們還是寧可要平平常常、朝朝暮暮的愛情，而不是金風玉露一年一度的高潔愛情。那樣的愛情，人們終究是更願意傳頌，而不願意遭遇。

除了內容之外，從技巧上看，最後兩句也非常別緻。有論者指出，最忌以議論入詞、最忌以散文筆法入詞，但秦觀這兩句分明就是議論，句子也近於散文，却偏偏產生了讓人驚豔的藝術效果，真是妙語天成。可見天才的創作，是不受任何理論羈勒的。當然，這樣的佳句也是可遇而不可學的，就算是秦觀本人，恐怕也很難寫出第二句。